羽咲うさぎ ill R_りんご
Usaki Usagi R_ringo
嫌われ剣士の異世界転生記

ウルグ
セシル

「ああ、ウルグぅ」
「あ、あんまりくっつかないでください……！」
「やだー。離さないー！」

「おい……泣くなよ。強く言い過ぎたよ」

テレス
「……ゆるさないもん」

魔剣・鳴哭《めいこく》

「これは……魔剣ですか？」
「ええ。よく分かったわね。これは、私のとっておきの剣よ」
「これ……俺にくれるんですか？」
「もちろんよ！　そのために仕入れさせたんだから！」

「お前に割いている時間は、ないんだよ……ッ！」
大風鳥《ガルーダ》

嫌われ剣士の異世界転生記

羽咲うさぎ
Usaki Usagi
illust R_りんご
R_ringo

嫌われ剣士の異世界転生記

Contents

プロローグ
認められたかった

――何も思い通りにならない、無意味な人生だったな。


体から力が失われていく。

視界が狭くなっていく。

刻一刻と迫る死を前にして、自分の無味乾燥な人生を振り返っていた。

俺は母の顔を知らない。

物心付く前に、母が浮気したのが原因だ。他の男とくっつき、家庭を捨てて出て行った。

だから俺は父子家庭で育った。

生活に何一つ不自由はなかった。父は男手一つで、俺を養ってくれたからだ。

けれど、父は俺を見てくれなかった。

まともな会話はなく、父は俺に生活に必要な金を与えるだけだった。

母が産んだ俺が憎かったのか、それとも浮気された時に心が壊れてしまったのかは分からない。

父は俺にまったくといっていいほど、興味を示してくれなかった。

放り出されたり、暴力を振るわれたりしなかっただけ、まだマシなのかもしれない。だけど俺は、父に自分のことを見てもらいたかったんだ。

俺は生まれつき要領が悪く、人付き合いが下手だった。これといった特技もなく、友達もいない。

その状況を変えようと藻掻《もが》いたが、状況は余計に悪くなるだけだった。話しかけたクラスメイトに、気持ち悪いと笑われるくらいだ。

誰かに見て欲しかった。認めて欲しかった。

けれど、家でも学校でも、俺を認めてくれる人は一人もいなかった。

そんな俺が剣道を始めたのは、小学四年生の時だった。

四年生になると、すべての生徒は強制的にクラブ活動をさせられる。たまたま入ったのが、剣道クラブだった。

クラブが始まると、子供用の小さな竹刀を渡され、素振りをさせられた。竹刀を振るのは、想像していたよりも地味で退屈だった。

だけど、初めての練習の時、終わりがけに先生が言ってくれたんだ。

——筋が良いね、と。

嬉しかった。初めて認めてもらえたような、そんな気がした。

もっと認めてもらいたくて、その日から剣道に打ち込み始めた。

勉強や他の運動はできなくていい。たくさんのことができるよりも、一つのことを極めた方が凄いんだと、そう思った。だから、ただひたすらに打ち込んだ。

先生から使わない防具や竹刀をもらい、いろいろな道場に行って練習した。みるみるとは言えないが、少しずつ上達していった。

何もできなかった自分が、何かをできるようになっていくのが分かって、嬉しかった。

……それでも、父は俺に対して何も言ってはくれなかったが。

剣道を始めてから人間関係が上手くいくようになったかというと、そうではなかった。

中学に入ってから、虐《いじ》められるようになった。

切っ掛けは俺がガンを付けた、とかいう言いがかりだったと思う。

生まれつき目つきがキツいから、それで勘違いされたのかもしれない。陰口を叩かれたり、殴られたりもした。

喧嘩《けんか》を売ってきた連中には、片っ端からやり返した。俺は何も悪いことをしていないのに嫌がらせをされるのは、我慢ができなかったからだ。

悪口を言われたら徹底的に言い返し、暴力を振るわれたらその分だけやり返した。

こちらは被害者なのに、やり返せばやり返すほど敵は増えていった。

嫌がらせを受けながらも、剣道の練習はやめなかった。

剣道部に入り、大きな大会で何回も結果を残して、高校へはスポーツ推薦《すいせん》で行くことができた。

けれど、誰も認めてはくれなかった。

父に剣道のことを伝えても、「そうか」と言われるだけだった。

頑張りが足りないからだと思った。だから、高校ではもっと剣道を頑張ろうと決意した。

高校生になってからも、虐《いじ》めは続いた。

中学の連中の多くが同じ高校に入学したからだ。

剣道部の中でも、陰湿な嫌がらせを受けるようになった。

竹刀や防具が捨てられたり、ロッカーの中にゴミを入れられたり。先輩に訳もなく殴られたり、同級生に仕事を押し付けられたりもした。

くだらない連中だ。相手にするのが嫌になり、完全に無視するようにした。

剣道で結果を出せば、黙らせられると思ったからだ。

……だけど。

三年生、最後の年、俺は団体戦と個人戦の両方で全国大会に出場することができた。

団体戦は途中で負けてしまったが、個人戦では決勝戦に勝ち進めた。

あと一歩で全国一位になれる。一位になれば、クラスメイトに、部員達に、父に、きっと認めてもらえる、そう思っていた。

だけど結局、俺は優勝できなかった。決勝戦で負けてしまったのだ。

……俺は一番に、最強になれなかった。

優勝できなかった俺に、「ざまぁみろ」と同級生が言っているのを聞いてしまった。

「お前が決勝に残っていればなぁ」と同級生に笑いかける顧問を見てしまった。

誰も、俺を認めてはくれなかった。

それでも、全国二位。今までで一番の成果だ。一位ではないが、凄いことに変わりはない。

今度こそ、褒めてもらえるかもしれない。

嬉々として、俺は父に報告した。全国大会で、準優勝したと。

しかし、父が口にした言葉に叩きのめされることになる。


――何だ、一位じゃないのか。


そこから先の記憶はほとんどない。

覚えているのは、家から飛び出した自分が車に轢《ひ》かれたという事実だけだ。

「……ぁ」

すでに痛みは感じなくなっていた。ただ凍えるような寒さが全身を蝕《むしば》んでいく。

もはや倒れた体を起き上がらせることは叶わず、指先すら凍り付いたかのようにピクリとも動かすことができない。

誰かが何かを叫んでいるが、意味が理解できない。

ただぼんやりと、自分が死ぬということだけが分かった。

……何も思い通りにならない、無意味な人生だった。

なぜ、俺ばかりこんなに辛い目に遭わなければならないのだろう。

世界の理不尽さが憎かった。

意識が遠のいていく。
抗い難い強烈な眠気が目蓋を強引に閉じていった。
視界が、音が、温度が、完全に闇に飲み込まれていく。
その直前に、ふと考えた。
もし、俺が一位になれていたら。
『最強』になれていたら、誰か俺を認めてくれただろうか。
最後にその疑問だけを残し、

——俺は死んだ。

第一話　異世界転生は突然に

「────」

「…………！」

誰かの話し声で目が覚めた。ぼそぼそと、誰かが小声で話しているのが聞こえる。

ベッドのような所で、横になっている感覚がある。

……病院か？

曖昧《あいまい》だった意識が、少しずつ形になっていく。

「……どうして黒髪なのかしら。私の髪の色でも、貴方の髪の色でもないのに……。不気味でしようがないわ……」

頭上から、ハッキリと声が聞こえてきた。

女性の声だ。

見上げると、青い髪の女性がいた。

三十代後半くらいだろうか。一重のキツイ目つきをした、神経質そうな女性だった。

女性は隣にいる誰かに、不安そうな口調で話し掛けていた。

「……たしかに不気味だな」

次に男性の声がした。

カツラのように厚みのある髪質が特徴的な赤髪の小太りな中年男性が、女性の隣で俺を見下ろしていた。

「……だが、どうしようもない」

髪と同じ赤く長いヒゲを指で摘みながら、男性は女性の肩に手を置いて安心させるような声を出した。

「でも……」

「……仕方、ないだろう。年齢的にも、体質的にも、この子が産めただけでも奇跡なのだぞ」

「そんなこと言ったって……」

「髪は染めさせればいい」

二人の会話をぼんやりと聞いていたが、ふと我に返る。

この二人は誰だ？

見たところ、医師や看護師ではなさそうだ。俺は確か、車に轢《ひ》かれたはずだ。

それがなんで、誰とも分からない二人に見下ろされているんだ？

「……っ」

起き上がろうとして、全身に上手く力が入らないことに気付いた。

全身の感覚はあるのに、痺《しび》れているかのように力を入れることができない。

「ぁ……ぅぁ」

異変があったのは体だけではなかった。

声を出そうとしても、言葉が喉から先へ出てこない。ただうめき声が漏れるだけだった。

まさか、と嫌な予感が胸を過る。

俺はあの事故で、死んでもおかしくないくらいの大怪我を負ったはずだ。

生きているということは、あの後病院に運び込まれ、奇跡的に助かったのだろう。

……しかし、あれだけの大怪我を負って、後遺症が残らないわけがない。

体に力を入れられず、声が出せないのは事故の後遺症というわけか。

「う……」

自分の現状を理解した瞬間に、なぜ助けたと医者を罵倒《ばとう》したい気分になった。

体が動かせないのでは、もう剣道をすることはできないだろう。普通の生活だってままならなくなる。

そんなことなら、いっそ死んだ方が良かった。

「うぁあ……ああああ……‼」

不意に目頭が熱くなる。ジワリと熱いものがにじみ出てきて、それが頬を伝って零れ落ち始めた。喉からはダムが決壊したかのように嗚咽《おえつ》が溢れ出る。

「おっと……。難しい話をし過ぎたかな」

泣いている俺を見て、二人はなぜか笑みを浮かべた。

それから、女性が軽々と俺を持ち上げる。

嘘だろ？　俺の体重は70キロ以上あるんだぞ……？

「よしよし、大丈夫よー」

女性はまるで赤子をあやすような口調でそう言うと、体を揺らしてくる。

隣にいる男もぎこちなく笑みを浮かべ、頭を撫でてきた。

知らない男女が不気味過ぎて、俺はすぐに泣き止んだ。

「……うぁ？」

おい、お前らはいったい誰なんだ。

訳が分からない。

「泣き止んだか。偉いな。良い子だ」

「ふふ、ウルグは強い子ね」

二人ともゾッとするような猫撫で声だ。

馬鹿にされているのかと思ったが、二人の表情から悪意は感じられない。

ウルグ……？　人の名前だろうか？

事故の後遺症で動けなくなったと思ったら、まったく知らない他人にあやされている。

理解を超えた現状に、脳内でクエスチョンマークが乱舞した。

「……ぁ」

次の瞬間、抗い難い強烈な眠気が襲ってきた。

尋常じゃない状況だというのに、意思に反して目蓋《まぶた》が目を覆い隠していく。

眠りに落ちる直前、「おやすみウルグ」という声が聞こえた気がした。

◆　◆　◆

あれから一ヶ月が経過した。

自分の身に何が起きたのかは、もう理解できている。

……俺は赤ん坊になっていたのだ。

何を馬鹿な、と自分でも笑い飛ばしたくなるが事実だ。

抱き上げられた時に、ふと鏡が目に入った。そこに、やたらと目付きの悪い黒髪の赤ん坊の姿が映っていたのだ。

信じたくはないが、鏡の中で目を剥く赤ん坊と何度も目が合えば、信じざるを得ない。

……どうやら、俺は前世の記憶を持ったまま生まれ変わったらしい。

最初にこちらを見ていた二人は、どうやら俺の親のようだ。

会話から、青い髪の女性の名前はアリネア、赤髪の男性の名前はドッセルということが分かった。

そして、二人の姓は『ヴィザール』というらしい。

二人に付けられた俺の名前はウルグ。

フルネームにすると、ウルグ・ヴィザール。結構、格好いい名前だ。

また、両親の他にセシルという姉がいることも分かった。

青い髪の二十歳前後の女性だ。

頻繁《ひんぱん》に外に出かけているので、まだ数回しか顔を合わせていないが。

ここで、大きな疑問が出てくる。

ウルグやセシルという名前を聞けば分かるが、ここは日本ではない。

家族の容姿を見ても、日本人ではないということが分かる。

だというのに、耳に入ってくる会話は日本語なのだ。

外国人に見られるような独特の訛りなどもない。ペラペラの日本語だ。

俺は今、いったいどこにいるんだ？

家の中にはまったく家電製品が存在しない。

テレビや冷蔵庫はおろか、電球すら付いていない。代わりに赤や青に輝く石が取り付けられた家具のような物が置いてある。

窓から覗いて見た家の外には街や車などは存在せず、草原が広がっていた。遠くには風車や田んぼなどが見える。

電化製品のない家とのどかな風景から、外国の田舎ではないかと当たりをつけた。

しかしそれだと、二人が日本語を喋っている理由が分からない。

ここがどこなのか。

そんな疑問は唐突に解決されることになる。

ある日、アリネアに庭へ連れて行かれた。

「ウルグ、お父さんの姿をちゃんと見ておくのよ」

庭にはドッセルがいて、こちらを確認すると宙に手をかざした。

何をしているのかとまだ座っていない首を傾けると、唐突にドッセルが何かを叫んだ。

「――《旋風《ホワールウインド》》」

何を言っているんだ、大丈夫かこいつ、と思った瞬間だった。

ドッセルの手のひらが淡く緑色に輝いたかと思うと、その上でクルクルと緑色の風が回転し始めた。

ドッセルが手を振るとその風は手のひらから離れて、土煙をあげながら天へと昇っていく。

「――――」

言葉を失った。

何が起きたのか、理解できなかった。

「ヴィザール家の子供は代々、優秀な風属性の魔術師になるのよ」

空を見上げて呆然とする俺に、アリネアはそう言った。

風属性。魔術師。

ゲームや小説の中でしか聞いたことがない単語。

ファンタジー過ぎて、理解が追いつかない。

しかし、この件のお陰で、ようやく自分がどこにいるのかが分かった。

俺がいるのは外国なんかじゃない。

異世界だ――と。

第二話　もう一度剣を

この世界に転生してから、三年が経過した。

最初の頃は頻繁《ひんぱん》に眠くなっていたが、最近になってようやく普通に行動することができるようになった。

今では、家の中を歩いて回ることもできる。

自由に行動できるようになってからすぐに始めたのは、文字を覚えるということだ。

家族が使う言葉は日本語だが、使用されている文字は見たことのないものだった。

とりあえず、何をするにも文字が読めなければ始まらない。

両親が読み聞かせてくれる絵本や、家の中にある本を利用して、この世界の文字を勉強した。

この世界の文字は、前の世界で言うところのローマ字に近かった。

文字数が多く、中には変則的な組み合わせもあったりしたが、一度覚えてしまえば後は簡単だった。

勉強を始めて、ほんの数ヶ月で家にあるほとんどの本を読めるようになった。

赤ん坊は最も物覚えが良い時期だと聞いたことがあるが、本当だったらしい。

前世からでは考えられないほどの物覚えの良さだ。

これほど物覚えが良ければ、もっと幸せに暮らせたかもしれない。

……もう、考えても仕方のないことだが。

文字を覚えてからは、隙を見ては本を読んで過ごしている。

できれば物覚えが良いうちに知識を身に付けたかったからだ。

絵本を除いて、家にある本の大半はドッセルの書斎にある。

背の低さのせいで高い所にある本に手が出せないのが歯痒《はがゆ》いが、仕方ない。

手が届く範囲の本は、

・歴史について
・魔術について

大きく、この二つのジャンルに分けられた。

どの本にも、平然と剣や魔術といった単語が出てくるため、読んでいて苦痛は覚えなかった。

前世で言う、ライトノベルを読んでいるような感覚だ。

俺が一番興味を持って読んだのは、当然魔術に関しての本だった。

本の内容を要約すると、こうなる。


この世界の人間の体内には『魔力』が存在する。

魔力とは、血液のように全身を循環するエネルギーのことを指す。

その魔力をコントロールし、外へ放出することを『魔術』と呼ぶようだ。

魔術には、

・属性魔術
・無属性魔術
・召喚《しょうかん》魔術
・亜人《あじん》魔術
の四種類が存在する。


まず『属性魔術』。

炎、水、雷、土、風。この五種類の魔術のことを属性魔術という。

ちなみに、属性魔術はこの世界で最もポピュラーな魔術とされている。

以前、ドッセルが俺に使って見せたのは、《旋風《ホワールウインド》》という風属性の魔術だ。


そして『無属性魔術』。

これは属性魔法のどれにも属さない魔術のことを指す。

最も有名なのが、《魔力武装《アーマメント》》という体を強化する魔術だ。

次点で、《結界魔術》だろうか。

種類が少なく、身体強化などの有名どころ以外はほとんど使用されていない。

そもそも知られている魔術も少ないようだ。ドッセルの本にも、無属性魔術についてはほとんど書かれていなかった。

理由としては、単純に属性魔法の方が強力だからだ。

次に『召喚魔術《しょうかん》』。

これは名前の通り、指定した物や生物を呼び寄せる魔術だ。

発動するには『魔法陣』を作る必要があるが、作成には膨大《ぼうだい》な魔力が必要らしい。

まず個人での使用は不可能で、効率もあまり良くないため、現在ではほとんど使われていないらしい。

最後に『亜人魔術《あじん》』。

これは人間以外の種族が使う魔術のことを指す。

どうやら、この世界には人間の他にも、いくつかの種族が存在するらしい。

よく名前が出てくるのは、妖精種《エルフ》、土妖精種《ドワーフ》、人狼種《ライカンスロープ》などだ。

これらを総じて、『亜人種《あじん》』と呼んでいるようだ。

亜人《あじん》魔術は、人間には伝わっておらず、亜人《あじん》のみが使用できる。

この世界にある魔術の種類に関してはこんな所だろうか。

また、魔術にはそれぞれレベルがあり、強さや使用の難易度によって下級、中級、上級、超級と分かれている。

中級が使えて一人前、上級が使えれば凄腕とされる。

超級が使えれば、歴史に名前が残るらしい。

体内の魔力量に関しては人によって違うらしいが、訓練次第である程度量を増やすことができるようだ。

しかし、どの魔術が使えるかは生まれ持っての才能で決まってしまうらしい。

中には属性魔術がまったく使えない者、無属性魔術がまったく使えない者、魔術自体が使えない者もいるらしい。

特に属性魔術は、どの属性が使えるかは完全に才能に依存するようだ。

たいていの人は一属性か二属性しか魔術を使うことができない。多くて三属性くらいだ。

また、使用できる魔術の中でも得手不得手は出てしまう。だがこちらは、才能だけではなく、努力で何とかなるようだ。

魔術の才能に関しては血筋などが大きく影響してくるらしく、貴族なんかは優秀な魔術師同士でしか子供を作らないなんてこともあるんだとか。

以上のことを、本を読むことで学んだ。

この世界には本当に魔術がある。そう考えて、非常にワクワクしたものだ。

早速、自分はどんな魔術が使えるのか、試したりもしてみた。

それで分かったことがある。

――どうやら俺は、一切の属性魔術が使えないらしい。

◆　◆　◆

「ウルグ、ご飯よ」

「はーい」

アリネアに呼ばれ、リビングへ行く。

リビングでは、アリネアが食卓に料理を運んでいた。

食卓の上には、オレンジ色に輝く石が設置されている。

これは《魔石》というらしい。

魔力を封じ込めて作った石で、この世界ではこれが電化製品の代わりに使われている。

明かりだけでなく、料理や風呂に使う湯を沸かすのもこの《魔石》だ。

この世界では科学がない代わりに、それを補う形で魔術が使われている。

意外と、生活に不便はない。

「それじゃあ頂くとするか」

ドッセルの言葉で、食事が始まった。

「……姉様は？」

姉であるセシルが、まだ来ていない。

「お姉ちゃんは今、体調があまり良くないの」

「ウルグは気にせず食べなさい」

最近、セシルはよく体調を崩している。

何か、重い病気に掛かってしまっているのかもしれない。

しかし……両親はあまり、セシルのことを気にしていないようだ。

「………」

この三年間で、ヴィザール家の事情が何となく見えてきた。

ドッセルとアリネアが、よく得意気に語ってくれたからだ。

ヴィザール家は、それなりに歴史のある家のようだ。

五百年前にあった『魔神戦争』と呼ばれる大きな戦争で、当時のヴィザール家当主が風属性の魔術で功績をあげたらしい。その功績で、貴族になったようだ。

アリネアがしきりに「ヴィザール家の子供は代々、風属性の魔術を使用して優秀な魔術師になるのよ」と語ってくるのは、これが理由らしい。

と言っても、現在は没落してしまっている。

家計も、並みの平民よりほんの少しお金があるという程度だ。

ぶっちゃけ平民と何も変わらない。

だが、アリネアやドッセルを見ていると、いまだに五百年前のことに強いこだわりをもっているようだった。

ドッセルもそれほど優秀な魔術師というわけでもなさそうなのにな。

二人は、再びヴィザール家を立派な貴族にしたいようだ。

しかし、自分達に大した才能はない。だから子供を産んで、その子供の力で返り咲こうとしている。

……そう簡単にことが運ぶとは思えないけどな。

それはともかく。どうやら、二人はこれまで子供に恵まれなかったらしい。

そこで養子を取った。それが、セシルというわけだ。

姉は、かなり優秀な風属性の魔術師らしい。だから二人は、わざわざ女であるセシルを孤児院から引き取ってきた。

しかし、セシルを引き取ってからしばらく経って、俺が生まれてしまった。

両親がセシルに関心を示さないのは、やはり自分で産んだ子供の方が可愛いから……なのだろうか。

セシルが体調を崩してからは、関心のなさが顕著《けんちょ》になったように思う。

正直、前世の自分を思い出して気分が悪い。養子とはいえ、自分達で引き取ってきたのだから、ちゃんと面倒を見て欲しいな。

「ウルグ。今度、風属性の魔術を教えてやろう」

食事中、ドッセルがそんなことを言ってきた。

それが良いわ、とアリネアがしきりに頷く。

「私達の子だ。お前なら、セシルを越える魔術師になれる」

「…………」

期待に満ちた視線が突き刺さる。

二人が俺ばかりを構うのは、俺が風属性の魔術師になると信じて疑っていないというのもあるだろう。

だが、俺には風属性魔術は使えない。

それどころか、属性魔術自体に適性がないのだ。

何度、属性魔術を使おうとしても、俺には使用することができなかった。

二人の期待の視線を避けるように、俺は食事を終えた。

◆◆◆

食後、自分の部屋にこっそり持ってきた魔術の本を読みながら、俺は魔術を発動しようと試みる。

「ふぅ……」

魔術を使用するにはまず、体内に流れる魔力を感じなければならない。

前世では体内に魔力なんてものが流れていなかったため、コツを掴むのに苦労した。

魔力はジンワリと温かい。温かいそれを、手のひらに集中させる。

それから、手を前に向けた。

本に書いてある通りに、下級魔法の《火灯《ライト》》の詠唱《えいしょう》を行う。

「闇を祓《はら》う聖なる炎よ、我を照らし導き給え――《火灯《ライト》》」

手のひらに集中した魔力が、魔法名を唱えると同時に外へ放出されるのを感じる。だが……、

「……やっぱり駄目か」

ただ魔力が放出されただけで、魔術が発動することはなかった。

何回か同じ炎属性の魔術を試したり、他の属性魔術も試してみたが、結局一度も成功しなかった。

自身に才能のない魔術を使用すると、このような現象が起こるらしい。要するに、俺に属性魔術の才能はないということだ。

人間の魔力はおよそ六歳ぐらいの頃に安定する。

それまでは、魔術の得手不得手はよく分からないらしい。現段階で俺が魔術を使えないのは、それが原因だと信じたいな……。

六歳頃になると、どの属性魔術が使えるかを調べる検査が行われる。

検査で俺に風属性魔術の才能がないと知ったら、両親はどんなリアクションをするだろうか。

想像するだけでも胃が痛くなってくる。

「はぁ……」

せっかく異世界に来たというのに、魔術の才能がない。

情けなくて、泣きそうになってくる。

誰もが一度は憧れる魔術が実在する世界に来たというのに、結局俺はまた何もできないのか。

唯一使えるようになったのは、魔力で体を覆い、身体能力を上昇させる無属性魔術のみ。

かなり地味だ。使用できる時間もとても短い。

「……俺はどこにいっても、こうなのか」

魔術が重視される世界で、魔術が使えない。

致命的だ。

こんなんじゃ、前世と同じで誰にも認めてもらえない。

両親も、きっと俺に失望するだろう。

「…………」

これまでは、情報収集に必死だった。

だから何も考えずに済んだが、あらかたの情報収集が済んだ今、自分について考えなければならない。

何の才能もない、自分について。

「……っ」

俺は理由もなく、自分の部屋から出た。

薄暗い廊下をフラフラと歩き回る。

家族は皆眠りについており、家は静かだった。

その静けさが、前世での一人で過ごした家の中を思い出させる。

誰も俺のことを見てくれない、静かな空間。この上なく孤独で、惨めだった。

両親が眠る寝室を静かに通りすぎ、俺は書斎へ向かった。特に読みたい本があったわけじゃない。何となく、入っただけだった。

中に入り、灯りを点けた。

眩《まぶ》しさに目を細めながら、静かに椅子に腰掛ける。

前世は孤独だった。だけど、少しだけ充実していたような気がするんだ。

何のお陰で、俺は充実していたのだろう。

本をパラパラと読むが思い出せない。

ため息を吐き、部屋を出ようとした時だった。

「──あ」

ふと壁を見上げ、ある物が目に入った。

視線の先にあったのは、古びた短剣だ。

この部屋に来る度にいつもチラリと視線を向けていた、見慣れた短剣。

それが壁に飾られていた。

「──っ」

小さく呟きを漏らして、フラフラと短剣へ近寄る。

背伸びしても手が届かないため、椅子の上に乗って短剣を手に取る。

竹刀や木刀とは異なる、ずっしりとした重みが手に伝わってきた。

剣なんて、もう長いこと触ってないな。

毎日欠かさずにやっていた素振りもしていない。

「────」

短剣を正眼に構えて、俺はゆっくりと剣を振り上げた。そして素早く振り下ろす。筋力が足りないせいで軸がぶれ、上手く振ることができなかった。

それでも、酷く懐かしかった。剣を振るという感覚が。

「どうして、忘れていたんだ」

剣を……竹刀を振るという感覚を。

何もできなかった俺が唯一、人並み以上にできたこと。

「俺は……」

死ぬ直前に、何を思った。

何を思い残した？

「最強に……」

──最強になれていたら、俺は誰かに認められたのだろうか。

「……ッ」

前に読んだことのある一冊の本を、本棚から抜き出す。

『四英雄物語』という、四人の英雄が魔神と戦う物語だ。

五百年前に起きた『魔神戦争』で実際に活躍した四英雄について詳しく書かれている。つまり実話だ。

その中には属性魔術を使わずに戦った剣士がいた。無属性魔術と剣だけを使い、魔神と戦った英雄が。

「……無属性、だけで」

それから俺は剣士に関する書籍を貪《むさぼ》るように漁《あさ》った。

四英雄、剣聖、剣匠《けんしょう》。

剣士に関するワードを、必死になって目に入れる。

どれくらい読んでいただろうか。

小さく息を吐き、本をしまう。

そして、ドッセルの短剣を持ったまま、自分の部屋へと戻った。

「――ふっ」

自分の部屋で、もう一度短剣を握り、素振りをしてみる。

短剣の重さに体が振り回され、まともに振ることすら叶わない。

「――――」

それから俺は、唯一使える魔術を発動した。

体に魔力を纏《まと》う、《魔力武装《アーマメント》》という無属性魔術だ。

瞬間、全身にはち切れそうなほどの力が漲《みなぎ》った。

短剣の重さが消える。

俺はもう一度、素振りをしてみた。

軽々と剣は持ち上がった。柄が短いせいで、竹刀のような素振りをすることはできないが。

「——あぁ」

何もないわけじゃ、なかった。

あったんだ、俺にも。

一つだけ。たった一つだけ。

「——剣が」

今、俺が使える魔術は《魔力武装《アーマメント》》だけだ。

最初はたったそれだけしかないと思った。

だけど違う。

これが、これだけあれば、俺は剣を振ることができるんだ。

物語に出てきた、あの英雄のように。

「……最強」

この世界にはいくつかの剣術の流派が存在している。

魔術師と同じくらい、剣士もいる。

そんな数ある剣士の中で、最も強い者はこう呼ばれる。

——《剣聖》と。

「最強になれば、俺は」

誰かに認めてもらえるかもしれない。

前世で俺は、最強になれなかった。
誰にも認めてもらえなかった。
だから――。

「――今度こそ、剣で最強になってやる」

俺が《剣聖》になる。
そして、誰かに認めてもらうんだ。
剣で最強になると、そう決めた。
きっと、たくさんのことができるよりも、一つのことを極めた方が偉いから。

第三話　分かりきっていた結末

「ふ――」

《魔力武装《アーマメント》》を発動し、全身を魔力の鎧《よろい》で覆う。

力が漲《みなぎ》るのを感じながら、少しずつ魔力の量を増やしていく。

使う魔力の量を増やすことで、《魔力武装《アーマメント》》の強度も上昇するのだ。

「くっ……」

骨が軋《きし》むような感覚に、思わず顔をしかめる。

体に纏《まと》う量を増やし過ぎると、こうして肉体に負荷が掛かってしまうのだ。

ちょうどいい塩梅に、魔力を調整する必要がある。

少しずつ魔力量を上げていき、体に限界が来たのを確かめて魔術を解除した。

「はぁ……はぁ……」

途端に疲労感が襲ってくる。

魔力を使い過ぎると起こる現象だ。

今は疲労で済んでいるが、魔力を使い過ぎると、最悪気絶してしまう。

魔術の練習を始めてすぐは、使用量をミスって何度もぶっ倒れた。

今は、限界値が分かっているため、気絶することはなくなったが。

俺は六歳になり、この世界で最強になると決めてから、すでに三年が経過していた。

あれから、一日たりとも無駄な時間は過ごしていない。

毎日毎日、最強の剣士になるための修業続きだ。

欠かさずに行っている修業は、大きく分けて四つある。

まず一つ目は、《魔力武装《アーマメント》》の修業だ。

属性魔術が使えない俺にとって、この魔術は生命線だ。

この世界には、物語に出てくるような英雄や魔物が実在する。剣で山を吹き飛ばすだとか、雷で大地を抉るだとか、そんなことができる連中相手に対抗するには、こちらも最低限魔術を使わなくてはならない。

最初に《魔力武装《アーマメント》》に関して、徹底的に調べあげた。

魔力の消費量、どの程度まで身体を強化できるのか、他人はどう使っているのか、などだ。

《魔力武装《アーマメント》》は、発動するだけなら、それほど魔力は消費しない。俺の魔力量でも余裕で発動できる程度だ。ただし、発動中は常に魔力を消費していく。

使い始めた当初は、ほんの一分使用するだけで魔力切れを起こしてしまっていた。

このままではロクに戦えない……と少し焦ったが、これはすぐに解決した。

魔術を限界まで使用していく度に、魔力量は上昇していく。

毎日修業をしていくうちに、魔力量がグングン増えていったのだ。

六歳になった今では、調整次第では一時間近く、《魔力武装《アーマメント》》を使えるようになっていた。

と言っても、戦闘中に調整している余裕はないだろうから、実戦で使えるのはもっと短いだろう。

それでも、初めと比べればかなりの進歩だ。一時間を達成した時は、飛び上がって喜んだものだ。調子に乗ったせいで、その後ぶっ倒れたけどな。

また、《魔力武装《アーマメント》》を全力で使えば、素手で岩を砕ける程度の力が出ることも分かった。

魔術を使わない大人なら、軽く投げ飛ばせるだろう。

さらに修業を続けて、強度をあげていこう。

次に、二つ目。

魔術だけでなく、肉体を鍛える修業も行っている。

《魔力武装《アーマメント》》は筋力は上げてくれるが、体力は元のままだ。体力がないままだと、《魔力武装《アーマメント》》した体の動きについていけなくなってしまう。

だから、肉体の強化も並行して行っている。

といっても、そんな大したことはやっていないけどな。

六歳の体じゃできることは限られているし、成長途中で無茶なトレーニングを行うと、かえって成長が阻害されてしまう。

やっているのは、体を柔らかくするためのストレッチと、倉庫にあった木刀でのトレーニング、軽い走り込みくらいだ。

物足りない感じがするが、今は準備期間。今無茶をしても、最強には届かない。

コツコツと毎日続けることが大切だ。

そして、三つ目。

肝心の、剣術の修業だ。

まず、剣道の知識では、《剣聖》にはなれない。

というか、剣道は実戦には向いていない。

実戦で面とか小手を打っていたら、その間に斬られて終わりだからな。

だから、剣道ではなく『剣術』を学ぶ必要があった。

そのために使用したのが、ドッセルの書斎で見つけた本だ。

『絶心流剣術指南書』というタイトルの指南本を読んで、何とか修業を行っている。

絶心流というのは、この世界に存在する剣術の流派の一つらしい。

本には基本的な構え方から素振りの仕方、絶心流の型、技などが記されていた。

説明文が不親切で、何回読んでも理解できないことがあるから、分からなかった部分は我流だ。

剣道で培《つちか》った体捌《さば》きや剣捌《さば》きなんかが、結構役に立った。

完璧にはほど遠いが、それなりに様になる剣の振り方が身についた……と思う。

……見本となる剣士が周りにいないから、実際がどうかは分からないんだよな。

一度、剣術の師範か何かに剣を見てもらわないといけないかもしれない。

ここまでが、戦うための修業だ。

四つ目は修業……というよりは、勉強といった方が良いかもしれない。

四歳になってすぐに、俺は両親に文字が読めることを教えた。

コソコソ書斎に忍び込むのが面倒になったからだ。

「教えていないのに文字が読めるようになるなんて、この子は天才だ！　これは素晴らしい魔術師になるぞ！」

二人はそんなふうに喜んで、自由に書斎へ入ることを許してくれた。届かない本は取ってもらって読んだりもした。

喜んでくれるのは良いんだが、魔術には繋げないで欲しかった。文字が読めても、属性魔術は全然使えないからなぁ……。

ともかく、これで堂々と読書をすることができるようになった。

毎日、少しずついろいろなジャンルの本を読んでいる。

知識を身に付けておいて、絶対に損はないからな。

物覚えが良い今のうちに詰め込めるだけ詰め込んでおきたい。

当然、《剣聖》に関する知識も身に付けた。

《剣聖》になるには二十年に一度、国によって行われる『剣聖選抜』に出て、優勝しなければならない。

先代の《剣聖》はシード権を持っていて、ある程度戦いが進んだところから、選抜に参加するらしい。

前回の選抜が行われたのは四年前で、次に行われるのは十六年後だ。

俺が二十二歳になる年だな。

俺の最終的な目標は《剣聖》になることだ。

そのためには、あと十六年で最強に届く力を身に付けなくてはならない。

魔術、体づくり、剣術、読書。

この四つを習慣づけ、俺は少しずつ力と知識を身に付けていった。

◆　◆　◆

夜、読書を終えて、書斎から自室へ戻る最中のことだった。

「ウルグー‼」

「おわぁ⁉」

不意に扉が開き、中から青髪の女性が飛び出してきた。

姉のセシルだ。

俺はセシルにガッチリと掴まれ、彼女の部屋の中に引きずり込まれていく。

傍から見たら、俺は肉食動物に捕まった草食動物だろうな……。

「ああ、ウルグぅ」

俺を抱きしめたまま、ベッドに腰掛けるセシル。その間、俺はずっと頬ずりされている。

「あ、あんまりくっつかないでください……！」

「えー何で、いいじゃない、姉弟なんだから！」

「何も良くないです」

セシルは起伏のある体つきをしている。

つまり、あれだ。……胸が当たる。

「やだー。離さないーー！」

子供のように駄々をこねると、セシルが首元に鼻を押し付けてくる。

……めちゃくちゃ鼻息が荒い。

セシルがこうやってベタベタしてくるようになったのは、彼女が体調を崩して家で療養し始めた頃からだ。

最初は氷の刃のような、冷たくて鋭いという印象を持っていたが、いざ絡んでみると全然違った。ただのブラコンだった。

セシルは最初、ふらりと家に帰ってきて、ベッドで眠っている俺を覗き込んできた。

すべてを拒絶するような、鋭い目をしていたのを覚えている。

それが一変、目が合った瞬間に大きく目を見開き、ふらふらと倒れそうになっていたな。

何をしているのだろうとジッと見ていると、今度は顔を押さえて何かを呟き、恐る恐る近づいて来た。

それから数分間、俺を触りたいのか、手を近付けたり遠ざけたりとまどろっこしいことをしていたので、こちらから握ってみた。

その時は、「っ～～⁉」と声にならない声をあげて、セシルは部屋を出て行ってしまったな。

その日から、セシルはちょくちょく俺に絡んでくるようになり、気付いたらこんなんになっていた。……どうしてこうなった。

「うぅぅぅ、ウルグ、良い匂いがする。何だろこれー、甘くて落ち着く良い匂いー」

「ちょ、姉さん！」

セシルは俺の体をクルリと回転させて自分の方に向けさせると、ズズッと顔を近づけてくる。

「姉さんじゃなくて、姉様でしょ」

「ね……姉様……」

「ひゃあぁー、何、どうしたの、ウルグ⁉」

こいつ、自分で言わせておいて……。

どうやら、セシルは『姉さん』よりも『姉様』と呼ばれたいらしい。

姉さんと言う度に無理やり言い直させられる。

姉様……なんて柄じゃないから、正直恥ずかしい。

強制されるから、言うしかないんだけどさ……。

「むむ。前から思ってたけど、ウルグっていい体付きしてるよね。ちっちゃくて可愛いのに、たくましいところもあって……何だかエロい」

……六歳児に、エロいってなんだ。

その後、十分近くセシルに体を弄《いじ》られ続けた。

やたらと手付きがエロいため、油断すると意識を持って行かれそうになる。この姉、やばい。

やたら肌が艶々したセシルから解放され、ようやく一息。

「そういえば、ねえ。ウルグは毎日熱心に何をやっているの？」

青く長い髪を揺らし、セシルが首を傾げる。

隠す理由もないし、素直に答えることにした。

「走り込みとか……あと木刀で素振りとかしてます」

「きゃあ、体を鍛えているウルグを見てみたい！」

「……………」

「ふふ。でも、どうしてそんなにトレーニングしてるの？　お友達とかと遊ばないの？」

「強い剣士になりたい……から」

剣士になりたいなんて言ったら、両親は発狂しそうだけどな……。

あと、友達とかと遊べばいいのにって言ったけど、俺に友達はいない。

両親には、外に出ないように言われている。

前にこっそりと外に出た時に、同年代の子供に会ったが、「黒髪の化物だ！」なんて言われて逃げられてしまった。どうやら、この世界では黒髪や黒目は恐れの対象になっているらしい。

五百年前の『魔神戦争』を引き起こした張本人の魔神が、黒髪黒目だったようだ。

だから黒髪黒目は不吉の象徴とされ、忌み嫌われている。

両親が俺を外に出したがらないのは、この黒髪黒目が原因だろうな。

この世界の人間、日本に来たら卒倒するんじゃなかろうか。

「そっか……ウルグは剣士になりたいんだ」

セシルは頷くと、優しく微笑んで頭を撫でてきた。

手のひらの温かみが心地いい。

「私はウルグの夢だったら何だって応援するけど……父様達には言わない方が良いよ」

俺もそう思う。父様達と口にした時、セシルは一瞬だけどとても冷たい目をした。

現状、セシルとアリネア達の関係は良好とは言えない。

体調を崩したセシルに、二人がほとんど関心を寄せていないからだ。

セシルは俺ばかり二人に構われているのを見て、俺が憎くならないのだろうか。

チラリと視線を向けるが、セシルは優しく微笑むだけだった。

「ッ、ゴホッゴホッ」

「姉様、大丈夫ですか⁉」

唐突にセシルが咳き込みだす。

今までの姿を見ると忘れてしまいそうだが、セシルは今、体調を崩しているのだ。

医者に診てもらったそうだが、原因は分かっていない。

咳き込むセシルの背中を擦ってやり、それから部屋に常備された水を飲ませた。

しばらくして咳は収まったが、セシルの顔色は悪い。

「ありがとう、ウルグ」

「……そろそろ寝ますね。あまり話して体に障っても悪いですから」

「ん。もっと話したいけど仕方ないね。相手してくれてありがとうね、ウルグ」

「……いえ」

生前、俺に構ってくれる人はいなかった。

だからセシルとこうして話す時間は……その、嫌いじゃない。

それを言おうと思ったが、セシルがまた騒ぐだろうから言わないでおいた。

「それじゃあ、おやすみなさい」

「あ、待って、ウルグ」

部屋を出ていこうとした俺を、セシルが引き止める。

「ウルグは、強くなりたいのよね」

「はい」

「だったら、将来『王立ウルキアス魔術学園』へ入学してもいいかもしれないわね」

「魔術学園……？」

「そう。王都の方にある大きな学園なの」

そういえば、両親が前にそんな話をしているのを聞いた覚えがある。

いつか、入学させるとかどうとか言ってたな。

「でも……俺が学びたいのは、魔術じゃなくて剣術です」

「大丈夫。頭に魔術と付いているけれど、剣技も教えてもらえるわ。騎士になりたい子とかも、魔術学園に通うみたい」

……学園、か。

学校には、いい思い出がない。あまり、通いたいとは思えないな……。

「ただ強くなりたいだけだったら、他にも方法はあるけどね。学園にはいろいろな人が集まるから、他ではできない経験ができると思うの」

「他ではできない経験、ですか……？」

「ええ。たくさんの人と関わって、人間として成長することができたり、ね。同年代の子も、たくさんいるはずよ」

……黒髪黒目でからかわれる未来しか見えない。

「それに、学園にはたくさんの剣士や魔術師がいるわ。強い人もいっぱいいると思う。そういう人と手合わせしたら、強くなれると思わない？」

「たしかに、そうですが……」

「あとね、有名な冒険者とか、騎士とか、《剣聖》とか、強い人の多くがこの学園に通っていたみたい。たまーに学園はこんな人を育てましたよーって感じで、学園に来てもらったりするんだって」

「《剣聖》……」

そこは、少し興味が湧くな。

《剣聖》も学園に通っていたのか。

考え込んでいると、セシルは俺の頭にポンと手を置いた。

「難しいこと言っちゃってごめんね」

「あ、いえ……」

「すぐに決めなくても大丈夫よ？　ただ、学園に行くって選択肢もあるって覚えておいて欲しいの」

「……分かりました」

頷き、部屋を後にした。

魔術学園か……。

一応、調べておこう。

◆　◆　◆

それから、一ヶ月が経過した。

ついに、魔術の適性検査の日がやってきた。

……やってきてしまった。

「ウルグは天才だから三属性が使えるんじゃないか」、などと勝手に盛り上がる両親に胃がキリキリと締め付けられる。

「これが魔術適性を検査する魔道具、《検査球《スキャンボール》》だ」

そう言って、ドッセルが食卓の上に透明な水晶を置いた。

「魔道具……」

魔道具とは、名前の通り魔術が刻み込まれた道具のことを指す。

あらかじめ道具に魔術を刻むことで、魔術適性のない人間でも、その魔術を使うことができるのだ。

「……どうしたら、いいんですか？」

「触れるだけで大丈夫よ。《検査球《スキャンボール》》は触れた人の適性魔術を調べてくれるの」

アリネアの話だと、触れると持っている適性によって《検査球《スキャンボール》》の色が変わるらしい。

炎なら赤、水なら青、雷なら黄、風なら緑、土なら茶、という具合だ。

体内の魔力が安定していないと、正確に検査できないらしい。

魔力が安定する六歳まで検査が行われないのはそのためだ。

「さあ、ウルグ。触ってみなさい」

「何属性出るのかしら。楽しみね」

アリネアとドッセルが、期待の表情で見てくる。

セシルは、硬い表情でこちらを見守っていた。

「…………」

ドッセルに指示された通りに、ゆっくりと《検査球《スキャンボール》》に手を伸ばす。

《検査球《スキャンボール》》に向かう手が震える。

焦るな。

……もしかしたら属性魔術の適性があるかもしれない。

これまで、俺のやり方が間違っていただけという可能性もある。

そう信じて、《検査球《スキャンボール》》に触れた——。

「————」

変化はなかった。

触れたにもかかわらず、《検査球《スキャンボール》》に変化は起こらない。

しばらくの間、耳が痛くなるほどの沈黙が部屋に訪れる。

「ど、どういうこと⁉」

その沈黙を破ったのがアリネアだった。大声で取り乱しドッセルの方を向く。

「こ、故障か……⁉　ウルグ、ちょっと貸しなさい！」

同じように取り乱したドッセルが、《検査球《スキャンボール》》に触れる。

すると《検査球《スキャンボール》》はすぐに緑色に変化した。

ドッセルに風属性の適性があることを表す。

正常に、動いている。

「もう一度やってみろ！」

「……っ」

ドッセルが強引に腕を掴んできた。

無理やり、《検査球《スキャンボール》》に手を押し付けられる。

「…………」

しかし、相変わらず変化はない。

一切の属性魔術が使えないということを表すだけだ。

「そんな……！　どうしてっ⁉」

「ありえん！」

泣き出すアリネアに、動揺して叫びだすドッセル。

何も言えず、俺は二人を見ていることしかできなかった。

セシルは何とも言えないような表情をしたまま黙っていた。

それから、ドッセルは予備の《検査球《スキャンボール》》を持ってきたが、結果は変わらなかった。

俺に属性魔術の適性はないのだ。

「なんてことだ……なんてことだ！」

激しく叫びながら、ドッセルが《検査球《スキャンボール》》を地面に叩き付けた。

《検査球《スキャンボール》》は割れることなく、地面を転がっていく。

「ッ！」

それに苛立ったのか、ドッセルはギリッと歯ぎしりをすると俺の方を向いた。

「がっ⁉」

視界が白く染まった。勢い良く地面に倒れ込む。

ドッセルに殴られたのだと気付いたのは、数秒の間を開けてからだった。

「風属性だけでなく、すべての属性に適性がないとはどういうことだ⁉　ふざけるな！　こ――この、でき損ないが！」

「ま、待ってください……！　たしかに属性魔術に適性はなかったけど、無属性魔術は使えます」

「それが何になると言うんだッ！」

「お……俺は、剣士になりたい」

その言葉を口にした瞬間、ドッセルとアリネアが黙った。

俺は畳み掛けるように、言葉を続けた。

「父さん達が望むような、魔術師にはなれないけど……。だけど、二人が誇れるような、たくさんの人に認められるような剣士になるから！」

――《剣聖》になるから！

そう、二人に向けて宣言した。

「……剣士？」

「う、うん。立派な《剣聖》になって、俺がこの家を守るから――」

そう宣言した瞬間、パシンと頬に衝撃が走った。

「アンタみたいな黒髪黒目で魔術も使えない子が、《剣聖》になれるわけないでしょ⁉」

「――」

アリネアに、ビンタされたのだ。

「っ……風属性の魔術にこだわらなくたって、いいじゃないか！」

ヒステリックなアリネアの言葉に、反射的に言い返した。

そして、言葉の選択を誤ったのだと、すぐに気付く。

「ふ……ざ……ふざけるなァ！　風属性にこだわらなくてもいいだと⁉　お前に風属性の、ヴィザール家の何が分かると言うのだ！」

額に血管を浮き上がらせるほどに激昂《げっこう》し、ドッセルは手のひらをこちらへ向けた。

「父さん！　ま、待って――」

「《旋風《ホワールウインド》》！」

ドッセルの手の中に、旋風が生み出された。

それが勢い良く回転しながら、俺の方に突っ込んでくる。

「ッ」

それは、修業の成果だろうか。

俺は、反射的に《魔力武装《アーマメント》》を発動していた。

強化された拳を、《旋風《ホワールウインド》》に向かって叩き付ける。ありったけの魔力をまとった拳が《旋風《ホワールウインド》》を消滅させた。

「なッ……こ、このでき損ない風情が！」

魔術を打ち破ったことによって、火に油を注いでしまったらしい。

恐ろしい形相をしたドッセルが、再び手を向けてきた。

「父さん、やめてくれ！」

「黙れッ！」

先ほどの《旋風《ホワールウインド》》を越える魔力が集まっていくのを感じる。

クソ……どうして、こんな。

「喰らえッ！」

ドッセルが、魔術を発動させようとした瞬間だった。

「──そこまでです」

青い風が吹いた。

いや、違う。

俺とドッセルの間に、いつの間にかセシルが入り込んでいた。

……まるで、動きが見えなかった。

「父様、これ以上はおやめください」

一切の感情を感じさせない、氷のような口調だった。

「これ以上、ウルグを傷付けるおつもりなら──」

風が吹いたかと錯覚するような気迫が、セシルから吹き出す。

「──私が相手になりましょう」

「う、ぐ」

気圧《けお》されて、ドッセルが怯えるように息を飲んだ。

凄まじい気迫に、俺に向けられたものではないのに、体が震える。

「……っ」

耐え切れなくなったのだろう。

ドッセルはよろめくと、倒れ込むようにして椅子に腰掛けた。

「ウルグ、行きましょう」

それを一瞥《いちべつ》すると、セシルは俺の腕を掴んで部屋を出た。

そのまま、セシルの部屋に連れて行かれる。

「っ」

「ね、姉様⁉」

部屋についた途端、セシルはカクンと力を失った人形のようにベッドに倒れこんだ。

見れば彼女の顔は青ざめ、汗が流れている。呼吸も荒い。

……激しい動きをしたせいだ。極力運動や激しい動きはしないように医者から言われているのに。

「ね、姉さ」

「大丈夫よ」

俺の言葉を遮《さえぎ》り、セシルが笑う。

セシルはベッドに倒れたまま手招きする。近づくと、頭を撫でられた。

「大丈夫だった……？」

「……はい」

「すぐに助けられなくて……ごめんね。父様が風魔術に対して執念を持っていることは知っていたけど……まさか、ウルグに対して魔術まで使うとは思わなかったの」

「……姉様が謝る必要なんて。逆に、俺のせいで調子を悪くしちゃって……」

「ふふ、いいの。私が好きでやってるんだから、ウルグは気にしないで。でも、凄いわね。《魔力武装《アーマメント》》が使えるなんて知らなかったわ。体を鍛えるだけじゃなくて、魔術の練習もしていたのね」

「……はい」

「ふふ……。ウルグの歳で魔術に対応できるなんて凄いわよ。あのまま戦っていたら、もしかしてウルグが勝っていたかもしれないわね」

……どうだろうか。

ドッセルは中級までの風魔術なら使いこなせると言っていた。

実戦経験のない俺では、負けていた可能性が高い。

一度、早いうちにどこかで実戦経験を積んだ方が良さそうだな。

「でも、ウルグにはあんまり危ないことはして欲しくないわ。どんな修業をしているのか分からないけど、無茶はしちゃ駄目よ？」

……うう。釘を刺されてしまった。

「おいで、ウルグ」

セシルはベッドに潜ると、自分の隣をポンポンと叩いた。

いつもなら強引にベッドの中に入れられるのだが、今のセシルにその余裕はなさそうだ。

俺は何も言わず、彼女のベッドに入った。途端、抱きしめられる。

セシルの甘い匂いと、体温が伝わってくる。

「ちょっと早いけど、今日はもう寝ましょう」

「……はい」

セシルに包まれたまま、俺は目を瞑《つぶ》る。

「ウルグは私が守ってあげるからね……」

囁《ささや》くような、優しい声。

ドッセルとアリネアの反応は、予想できていた。

二人の執念を考えれば、分かりきった結末だった。

だが、俺は自分で思っている以上に、堪えていたらしい。

セシルの言葉に、凄く安心させられた。

「おやすみ、ウルグ」

そのまま、俺は眠りに落ちていった。

第四話　はじめてのたたかい

数日が経過した。

あれから、アリネア達の態度は一変した。

俺に対する興味が失せたらしく、最低限しか関わりがなくなった。

ドッセルから「私の部屋に入るな」と言われてしまったせいで、日課の読書ができなくなってしまった。

アリネアも家事を最低限しかしなくなり、今は自分でやっている。

俺に属性魔術の適性がなかったせいで、両親の関係も悪くなってしまった。

「貴方が大した魔術師じゃなかったから、属性魔術が遺伝しなかった」だとか、「お前は本当は浮気していたんじゃないか」と、二人が言い争っているのを何度も見かけるようになった。

それから、実子の俺が駄目と分かってすぐに、二人は今まで放置していたセシルを構いだした。

甲斐甲斐しく看病したり、病気について調べたり、素晴らしい手のひら返しだ。

セシルはそんな二人を心底軽蔑《けいべつ》しているみたいだがな。

だから今、家庭の雰囲気は最悪だ。

まあ、最初から分かっていたことだ。

二人は俺を見ていなかった。俺の風属性魔術の才能にしか興味がなかったんだ。

だから才能がないと分かると、途端に興味を失って、捨てる。

……分かっていたんだ、最初から。

まあいい。

二人はセシルに何か言われたのか、最低限の面倒は見てくれる。

それでいいじゃないか。前世でも、そうだった。放り出されないだけマシだ。

注目されなくなったということは、いろいろと動きやすくなったということだしな。そんなに悲観することはない。

セシルは俺を見てくれるし、それだけでも前世を考えれば贅沢なことだ。

地形、歴史、魔術、剣術、生きていく上で必要な知識はすでに身に付けた。最近読んでいたのは創作系のお伽話《とぎばなし》だから、本が読めなくても問題はない。

部屋の片付けだって、前世では自分でやっていたしな。特に苦痛はない。

だから、何も気にする必要はないのだ。

それよりも、今気にするべきなのは自分の今後だ。

あれから、ずっとこれからについて考えていた。

その中で、いくつか思いついたものがある。

一つは、剣術道場に入る、もしくは名のある剣士に弟子入りすること。

強くなるには、自分より腕の立つ人に教えてもらうことも重要だ。

その人のノウハウが手に入るし、仮に教え方が下手でも、観察していれば技を盗むことができる。

しかし、今の俺では道場に入るのは難しいかもしれないとセシルに言われた。

道場で稽古を付けてもらうにしても、誰かに弟子入りするにしても、金が必要になってくる。

さらに、道場によっては身分だとか、コネがなければ追い返されてしまうこともあるらしい。

ドッセル達が協力してくれるなら可能性はあるが、今の俺だけでは道場入りは少し難しいだろう。

二つ目に思いついたのは、魔術学園に入ることだ。

セシルの話によると、王立ウルキアス魔術学園では魔術だけでなく、様々な流派の剣術も教えているみたいだ。

一つの流派に入って専念するのもいいが、いろいろな流派を学ぶのも魅力的に思える。

道場なんかに入ったら、いろいろなしがらみで、他の流派の剣術を学べない……なんてこともありそうだ。

いろいろな流派を学べるのもいいし、魔術への対処法、魔物との戦い方も勉強できるという話だ。

使い道が少ないとされる無属性魔術も、学園では盛んに研究が行われているとも聞いた。

《魔力武装《アーマメント》》以外の無属性魔術を教わることができたら、戦い方に幅を出せそうだ。

と、いろいろ考えた末に、俺はひとまず魔術学園への入学を考えてみることにした。

学園で自分に見合った剣術を学んでから、その流派の道場に入るのも手だろう。

《剣聖》がこの学園を出ているというのも、入学を目指そうと思った理由の一つだ。

「……問題は入学金だな」

学園と言うだけあって、やはり入学するのにはお金がいる。それも、かなりの高額だ。

道場に入るのにもそうだが、何をするにも金は必要になってくる。

しかし、俺から興味を失った両親が払ってくれるとは到底思えない。

セシルの金銭事情は知らないが、彼女に金をせびるのも違うだろう。

どうにかして、自分でお金を集めなくてはいけないな。

魔術学園に入学が可能となるのは十二歳からと決められている。

俺は今六歳だから、入学まであと六年。その間に、どうにかして入学金を稼がなくては。

入学の条件が十二歳以上だから、それ以降でも入学は可能だ。

貴族なんかは、十二歳になっても入学せず、学園でいい成績を収められる実力を身に付けてから入学する者もいるらしい。

だけど、俺は時間を無駄にしたくない。剣聖選抜までの時間は限られている。

そう、セシルに相談したところ、

「難しい相談ね……。入学するだけのお金を、ウルグの歳で稼ぐのはさすがに難しいわ。大人でも、難しいくらいなの。できるとしたら、冒険者……くらいだけど」

厳しい表情で、そう言っていた。

冒険者——迷宮に潜ったり、魔物や盗賊と戦う傭兵《ようへい》のような存在だ。

危険は多いが、依頼をこなすことができれば手っ取り早くお金を稼げる職業とされている。

心配してくれるセシルには悪いが、この話を聞いて、俺の今後の方針は定まった。

冒険者になって、金を稼ごう。

当然、そこには危険が伴う。今のままでは金を稼ぐどころか、魔物に殺されるのがオチだろう。

だから、最近はより一層、修業の時間を増やした。

本を読めなくなった分は、セシルから外の世界のことについて聞いて勉強している。

スケジュールとしては、朝と夜にセシルから話を聞き、昼に修業を行う、という感じだ。

◆　◆　◆

今後の方針を定めて、さらに数日が経った。

今日も、セシルに勉強をお願いして、話を聞いている。

「剣士の種類は、大きく分けて二つあるわ。まず、魔術を使わない、もしくは無属性魔術だけを使って戦う、普通の剣士。もう一つは、属性魔術を使って戦う魔術剣士。ウルグの場合は前者……前の方ね」

今は、剣士の種類について教わっていた。

前者をわざわざ分かりやすく説明してくれるセシル。優しい。

説明も分かりやすく、簡単だ。

これがベッドの上でセシルに抱きしめられて、匂いを嗅がれながらでなければ、何も言うことはないのだが。

「普通の剣士より、魔術を使える分、魔術剣士の方が強いんじゃないですか？」

剣士はわざわざ接近して戦わなければならないが、魔術剣士は遠距離攻撃もできる。

リーチとしては魔術剣士の方が有利なはずだ。

「たしかに魔術剣士は魔術を使えるから、普通の剣士よりも、戦いの中で取れる行動は多いわ。けど、魔術と剣技を両立しなきゃいけないから大変よ？」

完全に両立できる魔術剣士は、そうはいないらしい。

たしかに、どちらか一方でも習得するのが難しいのに、両立させるのはさらに困難だろう。

……今代の《剣聖》は、それを両立させた魔術剣士らしいけどな。

「それに普通の剣士でも魔術剣士より強い人はたくさんいるわ」

「そうなんですか？」

「ええ。『魔神戦争』で活躍した英雄もそうだし、何代か前の《剣聖》も属性魔術が使えなかったはずよ」

無属性しか使えなくても、結果を出して認められている人はいる。

やり方次第で、俺でも十分に戦えるはずだ。

「ウルグならそこいらの魔術剣士なんてチョチョイのチョイで倒せるようになるわっ」

そう言って、セシルが強く抱きしめてくる。

駄目だ、このまま放置しておくと、話が脱線する。

「剣士の他には、どんな戦い方をする人がいるんですか？」

慌てて、次の疑問を振った。

「んー、そうね。魔術師に、自分の拳で戦う拳闘士、斧《おの》や槍を使う人もいるわね。戦い方は、本当にいろんな種類があるわ。剣士や魔術師でも、流派や使う魔術によって戦い方は全然違うしね」

「なるほど……」

剣聖選抜に出られるのは剣士だけだから、他の戦法を取る者とは当たらない。

しかし、いろいろな武器での戦い方を学んでおいて損はないだろう。

知った分だけ、こっちの戦い方の幅が広がるしな。

「それにしても、ウルグは本当に賢いわね……」

後ろから、セシルに頭を撫でられる。

「……そうですか？」

「ええ。こんなに賢い子なんて、世界中探しても一人もいないわ！」

それはさすがに言いすぎだと思う。

「賢くて格好良くて可愛い！　ウルグは最強だわ！　ウルグなら、魔術師も拳闘士も余裕よ！　指先でチョンよ！」

だってこんなに可愛いんだからー、とセシルは俺を抱きかかえたままベッドに倒れ込み、体を弄《いじ》ってくる。セシルと俺の体重でベッドが軋《きし》む。

「ちょ、姉様！　話の途中なのに」

「話は終わりー！　こっからは私のお楽しみの時間よ！　うはー良い匂い！　脇腹！　脇腹むにむにさせろ！」

セシルが暴走し、俺の脇腹を強烈にもみ始める。

何がむにむにだ！　やめ、ちょ、やめろ！

もみくちゃにされながら、セシルの腕から脱出しようと足掻いている時だった。

「……セシル、入るぞ」

ドアがノックされ、ドッセルが中に入ってきた。

セシルに抱きかかえられ服が半分脱ぎかかっていた俺を見て、ドッセルは露骨に嫌な顔をする。

「……ウルグ、これからセシルを医者に診てもらう。部屋から出て行きなさい」

冷たい口調でそう言い、部屋から出て行くように促す。

セシルが小さく舌打ちして、ちょっと怖い。

「じゃ、じゃあ姉様。僕は行きますね」

「続きは夜にしましょうね」

「……はい、話の続きはまた夜に」

はだけた服を直し、俺はドッセルの横を通って部屋を出た。

その時、ドッセルも小さく舌打ちをしてきた。俺は何の反応もせず、自分の部屋に戻った。

「予定よりもだいぶ早く終わっちゃったな」

今はまだ昼前だ。

もう少し話していたかったが、仕方ない。予定を早めて、修業に移るか。


それから修業用の動きやすい服に着替えて、家の外へ出た。

俺が外に出ることに対し、両親は猛烈に反対していたが、今は騒ぎを起こさず、帽子を被って静かにしているのなら、という条件付きで許可が降りていた。

これも、セシルのお陰だ。世話になりっぱなしで申し訳ない。何か、あの人の役に立ちたいな。

本人に言ったら、一緒にいてくれるだけで良い、とか言いそうだけど。

「……ふぅ」

修業を始める前に、庭でストレッチを行う。入念に体をほぐしてから、以前見つけた修業場所に向かってジョギングを開始した。

目的地である森までの道中、のどかな風景を眺めながら自分の住む村のことを考えた。

ここは自然が豊かな村で、田んぼや畑などで作物が作られている。かなりの田舎だ。

地図を読んで知ったが、この世界には驚くことに大きなひし形の大陸が一つしか存在しない。

いや、あるかもしれないが、行く手段がないと言うべきだろうか。

周囲は海で囲まれており、海を進んでいくと『ウルキアス大瀑布《ばくふ》』という大きな滝がある。この滝の向こうには何があるのか分かっていないのだ。

そして、この大陸の名前はウルキアス。

大陸の南部にある王都にいる王と、各地の貴族によって統治されているようだ。

俺の住んでいる村は、大陸の東南くらいの位置らしい。

かつて『魔神戦争』で魔神を封印したと言われる《四英雄》の一人の子孫である大貴族、アルナード家の領地の一部とされている。

この村にはアルナード家の別荘の一つがあるらしく、アルナード家の貴族がたまに来ているんだとか。俺は一回も見ていないけどな。

「あ……化物がいるぞ！」

ジョギング中、村の子供に見つかった。

二人の少年と、一人の少女だ。

こちらを指さし、しきりに化物だと騒ぐ。

今は帽子で髪を隠しているが、前に見つかったせいで俺が黒髪だと知られちゃったからな……。

こちらは友好的に接したかったのに、あちらはそう思ってくれなかった。

「外に出てこないでよ！」

「そうだそうだー！」

やーいやーい、と囃《はや》し立ててくる子供達。

ずいぶん嫌われたな……。俺は、何もしていないのに。

「ぎゃー！　凄い顔してる！」

「逃げろー！　呪われるぞ！」

「きゃー！」

視線を向けると、三人は悲鳴をあげながら走り去っていった。

……凄い顔って。

ただ、見ただけなんだけどなぁ……。

多分、目付きが悪いのが原因だろう。

前世と比べて、俺の容姿は多少、変わっている。具体的には彫りが深くなり、少し外国人風に見える。だというのに、目付きだけは何も変わらなかった。

自分で言うのもなんだが、人殺しでもしそうな目をしている。

そういえば、高校では『殺人鬼』なんてあだ名で呼ばれていたな……。

「はぁ……」

彼らも、俺が最強の剣士になれば、認めてくれるだろうか。

そう信じたい。

「……よし」

気を取り直して、ジョギングを続ける。

ちょうど体が温まってきたくらいで、目的地が見えてきた。

「ふう」

目の前には、森が広がっていた。

村の外れにある、それなりに深い森だ。

森の奥の方で魔物が出没するため、子供は立ち入り禁止となっている。

魔物とは魔力で構成された化物のことを指す。

一説では魔神が創りだしたと言われている。

魔神が封印された後も、魔力が溜まる場所で自然発生しているようだ。

この森の奥の方にも、魔物が生まれる場所がある。

数は少なく、力が弱い個体しか生まれないようだ。それでも、何年に一度かは、この村でも魔物による犠牲者が出ているというから、侮《あなど》れない。

大人は定期的に討伐隊を組み、魔物を退治しているようだ。

ドッセルも討伐隊の一人らしく、前に魔術を使って魔物を退治したと自慢していたな。

討伐隊での活躍で、ドッセルは村の中では一目置かれているらしい。正直意外だ。

「……相変わらずこの森はジメジメしてて薄暗いな」

誰にも見られていないことを確認して、森の中に足を踏み入れた。

俺の身長が低いからか、木々が鬱蒼《うっそう》と生い茂るこの場所はそれなりに不気味に見える。

当然、人もほとんどいない。

俺がこの場所を修業場所にしているのは、誰にも邪魔されない場所だからだ。

時々出没するという魔物には気を付けないといけないけどな。

森の奥にある、大きな樹の前までやってきた。

樹のウロの中に、手を突っ込む。

中には、大きな布に包まれた剣が仕舞われていた。

森を修業場所にした理由はもう一つあった。それは、剣が隠せるからだ。

村には、討伐隊の道具が仕舞われている倉庫がある。その中には、本物の剣が仕舞われていた。

討伐隊の人には悪いのだが、俺はそこから剣を二本拝借している。

木刀ではなく、本物の剣の重さに慣れておきたかったからだ。

俺でも扱える大きさの片手剣だ。どちらもそれほど良い剣ではないが、贅沢は言っていられない。

布を外し、中から一本の剣を取り出す。

柄を握り正眼に構えると、ずっしりとした重さが伝わってきた。木刀や竹刀とは違う、本物の剣の重さだ。

俺が握っているのは直剣の片手剣だ。

片手剣と言っても大人用のため、今の俺にとっては、片手では振りにくい。

だから、両手で握って振ることにしていた。

もともと、剣道で両手で振ることに慣れているから都合が良い。

「よし……！」

《魔力武装《アーマメント》》を発動。

その途端、手に握っていた片手剣の重さがほぼ消失する。

少し前に気付いたことだが、《魔力武装《アーマメント》》を応用することで、別の魔術を使用できるようになった。

《魔力付与《エンチャント》》という、武器に魔力を纏《まと》わせる魔術だ。

武器を使う者は、そうやって武器を強化しているのだと、セシルから教わった。

魔力の流れやすい武器じゃないと、大して強化できないらしいけどな。

それから、俺は剣に意識を向け、素振りを始めた。

「――フッ！」

剣を振り下ろす。

振りかぶり、振り下ろし、この二つを『一息』で一つの行程として行う。

それを何度も繰り返しながら、より綺麗な素振りができないかを常に考えていく。

無駄なく振りかぶれているか、最速で振り下ろせているか、無駄な筋肉に力は入っていないか。

それと同時に、《魔力武装《アーマメント》》を適切な魔力量で使用できているかも意識する。

何も考えずに剣を振るうのではなく、考え、意識して振り下ろす。

ただがむしゃらに剣を振っていても、進歩はないからだ。

――強くなりたい。

強く、強く、強く、強く。

最強に――。


何百回か剣を振り下ろした時だった。

誰かの視線を感じ、勢い良くそちらの方を向く。

「うおっ⁉」

視線の先に、巨大なキノコがあった。

俺の拳ほどもある黄ばんだ眼球で、こちらを睨み付けている。

毒々しいピンク色の傘、プツプツと瘤《こぶ》の生えた白い胴体に、人間の両手部分に生えた二本の青いキノコ、そして両足部分には緑色のキノコが生えており、それで地面を歩行している。

身長は170センチほどだろうか。俺を見下ろすだけの高さはある。

「こいつ……確か」

以前、本で読んだことがある。

この森に発生する魔物の一匹で、《人食茸《マンイーターマッシュルーム》》とかいう名前だったはずだ。

下級の魔物に分類され、それほど強くはない。

『キイイイイ！』

どこに声帯があるのか、《人食茸《マンイーターマッシュルーム》》は眼球をグリグリと動かすと甲高《かんだか》い声で叫び出した。

それから、足のキノコで地面を蹴りつけると、両腕を振り上げながら飛び掛かってきた。

「っ……！」

人と同じ大きさのキノコが突進してくる姿はかなり迫力がある。

思わず叫びながら、咄嗟《とっさ》に横に跳んで回避する。

『キイイイ⁉』

《人食茸《マンイーターマッシュルーム》》は勢い余って樹に激突し、大きく仰け反った。

フラフラとよろめいている。

「……よし」

その姿に、俺は冷静さを取り戻した。

《魔力武装《アーマメント》》を行うと同時に、片手剣を《人食茸《マンイーターマッシュルーム》》に向けて構える。

ちょうどいい機会だ。下級の魔物なら、良い実戦経験になるだろう。

『ピギイイイ‼』

体勢を整えた《人食茸《マンイーターマッシュルーム》》が、腕を振り回しながら突進してきた。

その気持ち悪い姿に顔を顰《しか》めながら、振り回される両腕の動きをよく見る。

単調で、速度もそれほど速くない。

十分に、対処できる。

「――ふッ‼」

右腕が頭上から振り下ろされるタイミングを見計らって、片手剣を勢い良く振り上げた。

刃は簡単に肉を斬り裂き、そのまま腕を斬り落とした。

『ピギャアア⁉』

断面から黄ばんだ汁を撒き散らしながら、《人食茸《マンイーターマッシュルーム》》は体勢を崩して地面に倒れ込む。

「……きもいな」

どういう体の構造なのか、《人食茸《マンイーターマッシュルーム》》にも痛覚があるらしい。

両腕を振り回しながら、地面をのたうち回っている。眼球はどちらも零れ落ちてしまうのではないかというぐらいに見開かれ、グリグリと忙しなく回転していた。

かなり、気持ち悪い。

前に読んだ本によると、切断面から噴き出している血……は液体状の魔力らしい。

外気に触れた魔物の血は短時間で蒸発して、跡形もなく消え去ってしまうんだとか。

魔物の体には何かに使える部位があるようで、倒した魔物の使える部位を切り取ってお金にし、その金で生活している者も多いと聞く。

こいつの体も、確か薬になるみたいだ。

『ギイイ……』

観察しているうちに、《人食茸《マンイーターマッシュルーム》》が立ち直った。唸りながら、ゆっくりと起き上がろうとする。

そろそろ、止めを刺すとするか。

「――ッ」

接近し、剣を振り下ろそうとした時だった。

背中に衝撃が走り、勢い良く吹き飛ばされた。

近くにあった樹に、思い切り激突する。

握っていた剣がすっぽ抜け、飛んでいってしまった。

「く……」

《魔力武装《アーマメント》》のお陰で、ほとんどダメージはない。

打ち付けた体と背中が、若干痛むくらいだ。

「……何が」

見れば、先ほどまで俺が立っていた場所に、もう一匹の《人食茸《マンイーターマッシュルーム》》が立っていた。

「……二匹、いたのか」

止めを刺そうとしていたところを、後ろから殴り付けられたらしい。

……クソ、油断した。

あの一匹に、意識を集中させ過ぎてしまった。そのせいで、周囲の警戒が疎《おろそ》かになっていた。

『ピギイイイ！』

『ギイイイイ‼』

二匹の《人食茸《マンイーターマッシュルーム》》が、同時に襲いかかってきた。

《魔力武装《アーマメント》》して、何とか躱《かわ》していく。

どちらの動きも緩慢《かんまん》だ。二匹に増えても、落ち着いていれば十分に対処できる。

しかし、さすがに落ちた剣を拾う余裕はなさそうだな。

「よし……！」

向かってきた拳を躱《かわ》し、カウンター気味にパンチを放つ。

強化された拳が命中し、《人食茸《マンイーターマッシュルーム》》の一部が爆ぜた。

「素手でも、十分に戦える……！」

最下級の魔物というだけあって、防御力も高くはない。
一撃が効いたことに余裕を取り戻した時だった。
「……っ！」
背後から気配を感じ、咄嗟《とっさ》にその場から飛び退いた。
すぐ後ろで、ブンと空振る音がする。
「三匹目……!?」
背後にいたのは、さらにもう一匹の《人　食　茸《マンイーターマッシュルーム》》だった。
それも、他の二匹よりも体が大きい。１８０センチくらいはあるだろうか。
明らかに強そうだ。レア個体とかかもしれない。
『ピゴオオオオ‼』
『ギイイイイ！』
『ピギイイ！』
気付けば、囲まれていた。三匹の《人　食　茸《マンイーターマッシュルーム》》が、ジリジリと距離を詰めてくる。
……不味《まず》い。
どうする……どう対処する。
どうしたらいい……？
《人　食　茸《マンイーターマッシュルーム》》はこちらの考えがまとまるのを待ってはくれなかった。
目の前に、大きな《人　食　茸《マンイーターマッシュルーム》》が迫る。

その巨大な腕からの一撃が、振り下ろされる直前だった。

「――――」

――ヒュンと風切り音が聞こえた気がした。

「え？」

大きな《人食茸《マンイーターマッシュルーム》》の動きが止まった。

次いで、傘が、胴体が、腕が、足が。あらゆる部位がサイコロのように切り刻まれ、全身から黄色い汁を撒き散らして地面に落ちていった。

「なにが」

起こった、と言おうとした時だった。

「ウルグ」

――目の前にセシルが立っていた。

「うわぁ⁉」

思わず飛び退いて、地面に倒れこんでしまう。

まったく気配を感じなかった。周囲を警戒していたはずなのに、気付いたらすぐ目の前にセシルが立っていたのだ。

「前に、言ったでしょ。無茶はしないでって」

「……っ」

セシルは今まで見たことがないほど怒っていた。

両手を握りしめ、顔を赤くして俺を睨み付けている。

その時、背後で動きがあった。

残り二匹の《人食茸《マンイーターマッシュルーム》》がセシルに向かって腕を振り下ろしていたからだ。

「ねえさっ」

セシルの名前を呼ぶ間もなかった。

再び、ヒュンと音がした。

二匹の《人食茸《マンイーターマッシュルーム》》はさっきの個体と同じように、細切れになっていた。

何をしたのか、まったく分からなかった。セシルは振り返ることすらしなかったのだ。

俺がドッセルに殴られた時のセシルの動き、そして今の魔術。セシルは優秀な風の魔術師だと聞いていたが、ここまでなんて……。

「ウルグ」

セシルのあまりの強さに固まってしまった俺の名前を、彼女はもう一度呼んだ。

恐る恐る上を向き、セシルの顔を見て俺は言葉を失った。

セシルは泣いていたのだ。

サファイアのような輝きを持つ美しい双眸《そうぼう》から、大きな雫を止めどなく零していた。

「馬鹿、馬鹿、馬鹿ぁ！」

「ねえ……さま」

「無茶しないでって言ったのに！　馬鹿ぁ……！」

言い訳は何も言えなかった。

ただ俺はセシルに謝ることしかできなかった。

それから、セシルは体調を大きく崩してしまった。

俺のせいでだ。

二日間、セシルは寝込んだままになった。

◆　◆　◆

「姉様……あの」

二日後、目を覚ましたセシルの横に俺はいた。

ベッドから体を起こしてこちらを見るセシルは、頬を大きく膨らませ、怒りの表情を浮かべていた。

「これから私が良いというまで、ウルグは外出禁止です。ずっと家の中にいなさい」

「……はい」

あれだけ心配させたのだ。当然だろう。

二度と森に行ってはいけないと言われても仕方ない。

「その間、私の部屋で修業しなさい。ウルグが十分に強くなったら、森での修業を認めます」

「……はい。……え？　いいんですか？」

憮然《ぶぜん》とした表情で、セシルは頷いた。

「私が問題ないと思うくらいに強くなれば、あの森の魔物なんて相手にならないわ。……この村じゃ剣の道場もないし、ウルグがまともに修業できるのはあの森くらいだからね……」

たしかに、そうだけど……。

「それに最強の剣士になりたいなら、あんな最下級の魔物に手こずっていたら話にならないわよ」

「……はい」

返す言葉がない。

「こないだ、貴方があの魔物に負けたのは、目の前の魔物に集中し過ぎて他が疎《おろそ》かになり過ぎていたからよ。実戦になると緊張や恐怖で視野が狭くなってしまうの」

分かったでしょ？　とセシルが聞いてくる。

「すぐにできることじゃないけど、実戦中はできる限り冷静に、視野を広く持つことを心がけなさい」

適切な指摘に頷く。

どうやら、俺は過信し過ぎていたようだ。

反省しなければ。

「あと修業中、ウルグは夜、私と一緒に寝てもらいます」

「……はい。…………あれ？」

待て、それは関係なくないか。

「以上です。文句は許しません」

しかし、セシルは反論を許さず、ピシャリとそう言った。

「……はい」

結局、頷くことしかできなかった。

◆◆◆

それから、外出はせずセシルの監視の下、修業を行うことになった。

教えられたのは《魔力武装《アーマメント》》の基礎、そして《魔力武装《アーマメント》》を使った防御や攻撃の仕方だ。

剣の振り方に関しては、「ウルグの素振りが綺麗過ぎて何を言ったらいいのか分からない」と言われた。どうやら、問題ないらしい。

数日後の夜、ベッドでセシルにあることを尋ねた。

「姉様、今の段階での俺はどれくらいの実力なんですか?」

セシルは少し考える素振りを見せた後、

「今だと、同年代の子だったら、まず相手にならないわ。その辺の大人でもウルグが勝つわね。まだ直せる部分があるとはいえ、ウルグは《魔力武装《アーマメント》》をかなり使いこなしている。弱い魔術師にも接近できれば勝てるわ」

そう答えた。

思わぬ良い評価に、頬が綻《ほころ》びそうになるのをこらえる。過信は禁物だ。

「緊張に呑まれず、しっかり相手の動きを見ることができれば、だけどね。それはこれからの訓練次第よ」

「はい」

それから、セシルに将来についての相談をした。

魔術学園に入りたいこと、そのために冒険者になること。

冒険者になりたいという言葉に、やはりセシルはいい顔をしなかった。しかし、予想していたよりも反対はされず、「だったらもっと強くならなくちゃね」と言われただけだった。

「ウルグが魔術学園に入る日が楽しみだわ。前に聞いたことがあるけどね。あの学園では生徒同士が魔術とか剣技で戦って『最強』を競う行事があるそうよ」

学園トーナメント、みたいな感じだろうか。

元の世界でいう試験とか、運動会とか、そういう感じなのかもしれない。

「ウルグならきっと、学園最強になれるわ」

「…………」

『最強』、か。

俺が目指すのは最強の剣士《剣聖》。

学園最強止まりでは駄目だ。

だけど、学園に入ったら、まず学園最強を目指してみても良いかもしれない。

学園には、俺なんかより圧倒的に強い奴がたくさんいるだろうしな。

「学園で優秀な成績を収めると、王様に仕える騎士とか、魔術師とかへのお誘いが来たり、冒険者からパーティに入らないかって誘われたりもするんだって。きっとウルグはあっちこっちから引っ張りだこね」

「だと、いいんですけど」

「駄目！　ウルグは私のだから！」

「…………」

それから一ヶ月後、俺はセシルから外出の許可をもらった。

実際に試してないから分からないが、素手でも《人食茸《マンイーターマッシュルーム》》に勝てるとセシルは言っていた。

セシルは何度も何度も「本当はもう外に出したくないけど、ウルグの将来を考えてあえて外に出すの。だから無茶はしないで」と言った。

心配を掛けないためにも、もっと強くならなければ。

……そういえば、結局なんでセシルが俺を助けに来れたのかは聞けずじまいだったな。

第五話　金髪少女との邂逅

七歳になった。

ドッセル達との関係は相変わらず上手く行っていない。

セシルの病気も一向に治らず、むしろ悪化し始めていた。

家庭の状況は、悪くなる一方だ。

どうにかしたいとは考えるが、両親との関係も、セシルの病気も解決方法を見つけられないでいる。

「やーい！　黒髪ぃ！」

「気持ち悪いんだよ！」

外へ出れば、こんなふうに村の子供に馬鹿にされる。

帽子で髪を隠しているが、俺の髪のことを知っている者は少なくない。

子供の親達も、俺を見て露骨に顔をしかめ、俺に関わらないよう子供達に言い聞かせている。

「……恥晒《さら》しが！」

「どうしてそんな汚らわしい髪の色をしてるのよ！」

そして、時折ドッセル達にはこんな風に怒鳴られる。

セシルがカバーしてくれるが、それでも抑えが利かない時があるのだ。

黒。この世界で、忌み嫌われている色。
髪も、目も、俺はその黒だ。
まるで、俺という存在自体が、忌み嫌われているみたいだな。
「……俺は、髪を染めた方が良いんでしょうか」
そんなふうに、セシルに聞いたことがある。
俺は、正直に言ってこの黒色を気に入っている。
自分という存在がここにいることの証明のような……そんな気がするのだ。
けれど、こんなふうに嫌われるのなら、染めた方がいいのかもしれない。
「――私は好きよ」
俺の問に、セシルはそう答えた。
「ウルグといったら、黒だもの。ウルグの色を嫌いになるわけがないわ」
嬉しかった。セシルに、そう言ってもらえて。
セシルが好きだと言ってくれた色。
多くの人に、忌み嫌われている色。
どうしたらいいのか、俺には分からなかった。
《人食茸《マンイーターマッシュルーム》》との戦いも、だいぶ昔のことのように思える。
俺はセシルに修業を付けてもらってから、順調に実戦経験を重ねていた。
以前は苦戦した複数体の《人食茸《マンイーターマッシュルーム》》も、難なく倒せるようになっていた。

視野を広くするなど、実戦での立ち回り方も分かってきた。『魔物相手の』だから、剣士との戦いではまた違ってくるだろうけどな。

それでも、踏み込み方や体捌《さば》きは、ある程度様になってきたと思う。

セシルも強くなったわね、と褒めてくれた。

戦闘に関しては、そこそこ順調と言えるだろう。


運動服に着替え、帽子を被って家の外へ出る。

向かうのは、いつもの森だ。

目的地までジョギングをしながら思う。我ながら、かなり体力がついてきたと。

家から森まではそこそこの距離がある。通い始めた頃は、森へ着くまでに息が荒くなっていたものだ。

それが今では、息一つ乱さず、森まで到着することができるようになった。

やはり、継続は力なり、だな。

体の方も、少しずつでき上がってきている。

身長は順調に伸びているし、無駄な脂肪もついていない。

修業の成果に手応えを感じている間に、森に到着した。

見られていないことを確認して、足を踏み入れる。

今日の修業メニューを考えながら、剣を隠した樹の近くまで来た時だった。

「や、やめろ！」

誰もいないはずの森の中に、女の子の声が響いた。他にも何人かの子供の声が聞こえてくる。

……なんだ？

走るのをやめ、気配を消して音の方へと近付く。

「おら、変な髪の色しやがって！」

「綺麗な服見せびらかして、ずるいわ！」

見覚えのある子供が三人いた。

以前から、俺を「化物」と呼んでからかってくる三人組だ。

その三人が、見知らぬ金髪の少女を囲んでいた。

「や、やめて……！」

少年の一人が、嫌がる金髪少女の髪を引っ張る。

もう一人の少年と少女は、ケラケラと笑いながら金髪少女の服に土を擦り付けていた。

……いわゆる、苛めの現場というやつか。

気分が悪いな。

「……！」

その時、金髪少女の手に魔力が集まっていくのが見えた。

魔術か？

「天から舞い降りし祝福のか、きゃあ！」

「何してるのよ！」

金髪少女が詠唱《えいしょう》しようとしたようだが、少女に髪を引っ張られ、中断させられてしまった。手のひらに集まっていた魔力も霧散してしまっている。

「……あれは」

今の詠唱《えいしょう》は知っている。

以前、ドッセルが使っていた《旋風《ホワールウインド》》の詠唱《えいしょう》だ。

見たところ、あの金髪少女は俺や三人組と同年代くらいだ。

三人は魔術の魔の字も知らないようだが、あの金髪少女は魔術の心得があるらしい。何かしらの教育を受けているのだろうか。

とはいえ、多勢に無勢。ああも接近され囲まれてしまえば、魔術が使えてもどうしようもないな。

「………」

気分が悪い。

子供ながら、悪意を剥き出しにして笑う三人組。

涙目で、助けを求める金髪少女。

シチュエーションは違えど、俺も同じように囲まれた覚えがある。

あの時は、通りかかった誰もが俺を見捨てて行ったが……。

「いたっ⁉」

地面に転がっていた小さな石を拾い、少年の後頭部に投擲《とうてき》する。

見事に命中し、少年は悲鳴を上げた。

「どうしたの⁉　ぎゃっ⁉」

「うわあ！」

他の二人にも、小ぶりの石を軽くぶつけた。

痛みに戸惑う三人に、さらに連続して石を投げる。

三人組は「痛いよー！」と怯えながら泣き叫ぶと、虐めていた金髪少女を突き飛ばして逃げていった。

……ふう。

自分達は散々金髪少女にひどいことをしていたのに、自分が痛い目を見ると泣いて逃げるなんて、ずいぶん勝手だな。

というか、立ち入り禁止の森で何をやってるんだ。

いや……それは俺も同じか。

「え……え？」

金髪少女はぽかんとした表情のまま、尻もちをついている。

彼女のすぐ近くにある樹には、剣が隠してある。このままここにいられると、修業を始められない。

「……大丈夫か？」

仕方ないので、姿を現して声を掛けることにした。

「……っ」

急に出てきた俺を見て、金髪少女がビクンと体を震わせる。

近くで見ても、やっぱり見覚えがないな。

肩くらいまでの癖の強い金髪《ブロンド》に、細く整えられた眉毛、宝石を連想させるような碧眼《へきがん》。泥で汚れてはいるものの、肌は透き通るように白く綺麗だ。まるで人形のように整った容姿をしている。

着ている服は白いワンピースだ。汚れているが、どことなく上品な印象を覚える。もしかしたら、高価な布が使われているのかもしれない。

やはり、年齢は俺と同じくらいだ。

こんな子を見かければ忘れるはずがない。最近どこかから村に越してきたのだろうか？

「災難だったな。あいつらはもう追い払ったから、大丈夫だ」

俺は目付きが悪いと評判だから、ファーストコンタクトに失敗すると不審者だと間違われそうだ。

できる限り安心させるように、話しかけた。

「………………」

金髪少女はなぜかムッとした表情を浮かべた。

早速何か失敗したのか……？

話し相手になってくれるセシルとのお陰で、前世に比べると対人スキルはめちゃくちゃマシになったはずなんだが……。

そう不安になっていると、金髪少女の口から思いもよらない言葉が飛び出してきた。

「余計なことをするな！　お前が助けてくれなくても、私一人でどうにかできた！」

涙目のまま少女はこちらを睨み付けてくる。

この反応は想定外だった。

初対面の子供に、ここまで嫌われるとは。

……まあ、よくあることではあるけど。

固まっている俺を、金髪少女は畳み掛けるように責め立てる。

「何でお前みたいな目付きの悪い奴に助けられなければならないのだ！」

こちらを指さし、偉そうに金髪少女が言う。

さすがに、カチンときた。

別に感謝しろ、なんて言うつもりはない。たしかに助けろ、なんて言われていないからな。助けたのは俺の自己満足だ。

それでも、だ。こんなふうに罵倒《ばとう》される覚えはない。

「だいたい、この村の連中はだな――」

「……うるさいな」

「え？」

「もう黙ってくれ」

今度は、金髪少女がポカンとした表情で固まった。

「悪かったな、勝手に助けて。あのまま髪を引っ張られて泣いてるお前を見捨てていれば良かったよ」

「な……何だと！」

「だってそうだろ？　助けたら、お前に怒鳴られるんだもんな」

「わ、私は！」

「悪かったな、助けて。もう良いから、どこかに行ってくれないか？」

そこにいられては、修業ができないからな。

最強になるために、一日も無駄にはしたくないのだ。

早く修業させてくれ。

「ぶ……無礼だぞ！」

だが、金髪少女は余計にヒートアップした。

こちらを指さし、怒鳴ってくる。

「……うっとうしいな」

「っ……！」

反射的に、ついムキになって言ってしまった。

俺は何をやってるんだ。子供相手に大人気ない……。

ここまで苛立ったのは罵倒《ばとう》されたから、だけではない。

俺が苛められていた時は、誰一人として助けてはくれなかった。だから、自分一人で対処せざるを得なかったのだ。

そんな過去の自分と彼女を重ねあわせ、助けてもらえたのに、助けてくれた相手に怒鳴り散らす彼女が気に食わなかったのだろう。

「……本当に、大人気ない」

そんな風に自嘲《じちょう》していると、

「な……な……、何だとぉ」

金髪少女が怒りからか、ブルブルと体を震わせ始めた。

激怒するか……？　と身構えた時だった。

「う……うぇ」

「……？」

「えぇ～～ん‼」

金髪少女は、途端に顔をくしゃくしゃにして泣き出してしまった。

「お、おい……」

め、面倒くさい……。

まさか、泣かれるとは思わなかった。

三人組に転ばされたのか、彼女の体には至る所に擦り傷がある。服もドロドロだ。

こんな状態の女の子を泣かせたまま放置するのは、さすがに気分が悪い。

……俺も、大人気なかった

「おい……泣くなよ」

「うう……」

金髪少女は一瞬チラッと俺を見て嗚咽《おえつ》を止めた後、再び泣き始めた。

「私だって……頑張ってるもん！　う、うう……うっとうしくないもん！」

「あ、ああ……。そうだな、お前は頑張ってるよ。うっとうしくもないから……な、泣き止めよ」

「うううぅぅぅ……うぅ……」

しばらく適当なことを言って慰めていると、少しずつ泣き声のボリュームが小さくなっていった。

二分くらい経った頃に、金髪少女はようやく泣き止んでくれた。

「強く言い過ぎたよ」

「……ゆるさないもん」

「悪かったよ。ただな、お前の言い方も酷かったって自分でも分かるだろ?」

金髪少女は、鼻をすすってうつむく。

「たしかに俺は勝手に助けたけどさ……あんなふうに、怒らなくてもよかっただろ?」

「……うん」

諭《さと》すように言うと、金髪少女は素直に頷いた。

いい子だ。

「俺もカチンときて、強く言い返しちゃったからさ。これでおあいこってことにしてくれないか？」

金髪少女はもう一度コクリと頷くと、

「……イジメられてるのを見られて、恥ずかしかった。だから、悪くないのに怒ってしまって……ごめんなさい」

「ああ、俺も悪かったな」

お互いに謝り、一段落ついた。

だが謝った後に、金髪少女がまた泣き出しそうになり、慌てて慰める。

それにしても、そうか。

イジメられているのが恥ずかしかったから、照れ隠しで怒ったんだな……。

そんなことにも、思い至れなかった。

やはり、俺は駄目だな……。

「……」

しばらくして金髪少女が鼻を啜《すす》りながら立ち上がった。

思わぬことに時間を取られてしまった。

俺も修業したいし、そろそろ帰ってもらうか。

「そろそろ帰った方がいい。実はこの森、立ち入り禁止なんだよ」

「じゃあお前は……何でここにいるんだ？」

「え、あー……何か声が聞こえたから来てみたんだよ」

「……そうか」

痛いところを突かれたが、何とか誤魔化《ごまか》せた、はず。

金髪少女が、ジッと俺の顔を見てくる。

正面から見つめられ、思わず目を逸らしてしまった。

「なんで逸らすんだ？」

じっと、金髪少女が覗き込んでくる。

やめろ、近付くな。

よくよく思い返すと、前世では女どころか男とすら絡んでこなかった。こうやって人と正面から目を合わせられると、何かゾワゾワする。

相手は小さな子供だというのに、情けない。

「ほ、ほら……早く行った方がいい」

「……分かった」

顔をそむけながらそう言うと、金髪少女は素直に頷いた。

クルリと背を向け、森の入口の方へ走っていく。

「……はあ」

しばらくその背中を見送り、完全に見えなくなってから大きくため息を吐いた。

修業前だというのに、ドッと疲れた気がする。

「……始めるか」

固まっていても仕方ない。

気を取り直して、修業を始めることにした。

樹のウロから剣を取り出し、《魔力武装《アーマメント》》を発動して素振りを行う。

そしてその次は戦う相手を想像しながら剣を振るイメージトレーニングだ。

ボクシングでいうシャドーボクシングみたいなものだな。

イメージするのは五匹の《人食茸《マンイーターマッシュルーム》》だ。

両腕を振り回しながら同時に襲い掛かってくるキノコ達の攻撃を躱《かわ》し、すれ違いざまに胴体を切断する。そしてすぐさま次の《人食茸《マンイーターマッシュルーム》》に飛び掛かって、切り捨てる。

三匹目に斬りかかろうとしたところで、俺は動きを止めた。

——視線を感じる。誰かに、見られている。

「誰だ！」

「うわっ！」

勢い良く、視線の方向へ振り返った。

「お前……」

視線の先には、さっき帰ったはずの金髪少女がいた。

俺が勢い良く振り向いたことに驚いたのか、悲鳴をあげ、樹の陰で膝をついてこちらを見ている。

「……何をしてるんだ」

「……お前こそ何をしてるんだ」

「……素振りだよ」

金髪の子はほぅと興味深そうな顔をして頷いた。それから、キッと俺を睨み付けると、

「私は剣が嫌いだ！」

と謎の宣言をした。

ビシッと俺を指さしながらそんなことを言われても、リアクションに困る。

しばらく黙っていると、彼女は樹の陰から出てきて俺に近づいてきた。

「お前、名前は何という」

「……ウルグ」

「私は……テレスだ」

彼女は「覚えておけ！」と叫ぶと、俺に背を向けて、たたたたっと走り去っていった。

「なんで……ちょっと偉そうなんだ」

金髪少女が走り去っていった方向を見て、俺はしばらく固まるのだった。

第六話 黒犬の牙

テレスと出会った日から、二週間が経過した。

俺の生活のルーチンは変わらず、朝夜にセシルから話を聞き、昼は修業をという毎日だ。

今は昼前で、セシルと話す時間だ。時間、なのだが……。

「つーん」

最近、なぜかセシルの機嫌が悪い。

何かセシルの機嫌を損ねるようなことをしたかと自分の行動を振り返ってみたが、まったく身に覚えがない。

「姉様、どうしたんですか……？」

「つーん」

「もしかして、何か気に障るようなことをしましたか……？　もしそうでしたら、ごめんなさい。姉様の機嫌を損ねるつもりはなかったんです」

「ウルグは悪くないわっ！　ぎゅっ！」

申し訳なさそうな顔をして謝ると、セシルは今までの不機嫌な表情を消して効果音付きで抱きついてきた。

良かった、いつものセシルだ。

「じゃあ、どうして不機嫌そうな顔をしてたんですか……?」

頬ずりしてくるセシルに聞いてみる。

セシルは頬ずりをやめると、俺に鼻を近付けて息を吸う。すると「むぅ……」と頬を膨らませた。

「あのね……何というかね。ウルグから他の女の子の匂いがするの」

ギョッとした。

何で分かるんだよ。怖えよ。

匂いがするかどうかは分からないが、俺は最近、頻繁《ひんぱん》に女の子と会っている。あの森で知り合った、テレスという少女だ。

俺が森で修業をしていると、二日に一度はやってくる。

「どうなの⁉　どうなのよウルグ⁉」

グイグイと顔を近づけてくるセシルを手で押さえて遠ざけながら、俺は素直に話すことにした。

嘘をついても見破られそうな気がするしな……。

「最近、外で修業してる時にテレスって女の子が絡んでくるんですよ」

「テレスぅ⁉　誰よ、その子は⁈」

「いや……分からないです」

「うぎぎぃ！　私のウルグに悪い虫がぁあ！　駆除ッ！　駆除しないとォォ‼」

「姉様！　落ち着いて！　障りますから！　体に障りますから‼」

割りとマジで体に障るから安静にしておいて欲しい。

それから何とか言いくるめ、俺はセシルの部屋から出た。

「……ふう」

なんで分かったんだろう。嗅覚を強化する魔術でも使ってるんじゃないのか……。

セシルの嗅覚に戦慄《せんりつ》しつつ、俺は自分の部屋で修業用の服に着替えて家を出た。

今日も今日とて、向かうのはいつもの修業場所だ。

◆　◆　◆

「ふ――」

《魔力武装《アーマメント》》で体を強化する。

片手剣を振りかぶり、勢い良く樹に向かって振り下ろす。刃が樹の幹にめり込み、直後爆発したかのように粉々に砕け散った。

「……駄目だな」

樹を斬ろうとしたのに、粉砕してしまった。威力の調整に失敗したということだ。

無駄に力を入れ過ぎてしまっている。

以前、樹を斬った時の魔力量を思い出し、纏《まと》う魔力の量を少し下げる。それから次の樹に向かって剣を振った。

刃がするりと幹を通過し、斬られた部分から上が地面に滑り落ちた。

今度は成功だ。

それから何本かの樹を斬って魔力量の調整を行い、自分で斬った樹の幹に腰掛けて休憩している時だった。

「来たぞ！　私だ！」

歯切れの良い凛とした声音でそう叫びながら、テレスが登場した。

登場したといっても、二十分ほど前から、樹の陰に隠れて俺を観察していたけどな。

「勝負するぞ！」

近づいてくるなり、テレスは威勢よくそう言った。

もはや恒例となったテレスの言葉に、俺は小さくため息を吐いた。

あの日から、テレスはよくこの森にやってくるようになった。魔物が出るから危ないと忠告しても、「ウルグも同じだろ」と返され、今は放置している。

それはまだいいのだが、問題はテレスが俺に勝負を挑んでくるようになったことだ。

内容は俺が剣で、テレスが魔術で勝負をするというもの。

無視していると泣きそうになるので、仕方なく相手をしていたら、毎回のように戦いを挑んでくるようになってしまった。

テレスは風属性の魔術で攻撃を仕掛けてくる。それを俺が突破し、剣を突き付けて終了――というのが毎回の流れだ。

魔術師との戦闘訓練になるからと付き合っているのだが、テレスは負けると途端に不機嫌になる。適当に相手をしていると、泣き出してしまうこともあった。

だから、不機嫌になったら「いや今回の魔術はキレがあったよ！」「実はギリギリだったんだ」とか褒めて機嫌を取ってやらないといけない。

正直、面倒くさい。

「今日こそ私が勝つ！」

「はいはい」

できるだけ樹がなく、広い場所でお互いに向かい合う。

毎回、初めは威勢がいい。

「行くぞ！」

宣言とともに、テレスが魔術の詠唱《えいしょう》を開始した。

戦いだというのに、テレスは目をつぶって無防備に詠唱《えいしょう》をし始める。この間に攻撃できるのだが、それをしてしまうと勝負にならないので少し待たないといけない。

やはり魔術師は近距離戦には向かないな。

詠唱《えいしょう》を省略したり、無詠唱《むえいしょう》で発動できるのならともかく、戦闘中に詠唱《えいしょう》をしていたら攻撃してくださいと言っているようなものだ。

その点、何の予備動作もせずに魔術を発動していたセシルは相当に凄いのだろう。

「世界を渡る祈りの風よ。魔を断つ刃となりて、我が障害を斬り裂き給え」

「……！」

詠唱《えいしょう》が、いつもと違う。

前回まで、テレスは《旋風《ホワールウインド》》を使っていた。

今回の魔術は、《旋風《ホワールウインド》》よりも使用されている魔力の量が明らかに多かった。

詠唱《えいしょう》とともに彼女の手のひらに集まっていた魔力が緑色の風となり、やがて一本の刃を形作っていく。

「――《風刃《ゲイルスラッシュ》》」

テレスの言葉とともに、魔術が完成した。

《風刃《ゲイルスラッシュ》》――確か、相手を斬り裂く風の刃を作り出す、使い勝手のいい中級魔術だったな。

「喰らうがいい！」

ヒュンと音を立て、風の刃が放たれた。

《魔力武装《アーマメント》》を発動し、それを迎え撃つ。

中級魔術を相手にするのは初めてだ。それでも《風刃《ゲイルスラッシュ》》の知識はあるし、どの程度の威力なのかはある程度予測できる。

「は――ッ！」

鋭く踏み込み、《風刃《ゲイルスラッシュ》》に片手剣を振り下ろす。

刃が交わり、その威力が刃を通じて伝わってくる。《旋風《ホワールウインド》》を超える威力だ。

だが――。

「なっ⁉」

こちらの一閃《いっせん》が、《風刃《ゲイルスラッシュ》》を斬り裂いた。風の刃が魔力を散らして消滅する。

テレスは魔術が破られたことに動揺し、目を剥いている。

これが中級魔術か。思っていたほどの威力ではなかったな。

使い手によって威力や速度は変わるから、中級の魔術でも油断はできないが。

「――ッ！」

《風刃《ゲイルスラッシュ》》を破った勢いのまま、テレスとの間合いを詰める。

ここで刃を突きつければ、いつも通りの決着だ。

「ふっ！」

と、俺がテレスのすぐ目の前にまで迫った瞬間だった。俺は彼女の口角が釣り上がるのを見た。

何だ？

そう頭に疑問を浮かべた瞬間、

「《旋風《ホワールウインド》》」

テレスが詠唱《えいしょう》を省略し、《旋風《ホワールウインド》》を発動させた。

手のひらから放たれたクルクルと回転する緑色の風。

「……！」

詠唱《えいしょう》破棄か。

これも、これまでの戦いでテレスが使わなかった技術だ。

まさか、隠していたのか。

使う素振りはまったく見せなかったし、もしかしたらこの数日の間で習得したのかもしれない。《旋風《ホワールウインド》》が目の前に迫る。

不意を突かれたとはいえ、反応できないわけではない。

ここからでもこれを斬り裂くことは可能だ。ただし、その場合一緒にテレスまで傷付けてしまう。すでに俺はテレスのすぐ目の前にまで迫っているのだ。

これは、一本取られたな。

《魔力武装《アーマメント》》の強度をあげ、そして片手剣を前に構えて《旋風《ホワールウインド》》を受け止めた。

片手剣に《旋風《ホワールウインド》》がぶつかった衝撃で、後方へ大きく後退る。

防御態勢と《魔力武装《アーマメント》》により怪我を負うことはなく、俺は地面に着地した。

「……やられたな」

顔をあげるとニタァと満面の笑みを浮かべ、勝ち誇った表情をするテレスがいた。

「ふ……ふふふ……にゅふふふふふふ！　勝った！　私の勝ちだ！」

こちらを指さして大笑いするテレスにイラッとしないでもなかったが、たしかに今回は完全に俺の負けだ。

俺は、テレスを侮《あなど》っていた。

油断、慢心、侮《あなど》り、決めつけ。これが今回の敗因だ。格下だと決めつけ油断をした俺の負けだ。

当然、敗北に悔しさは覚える。だが、これは修業の一環だ。実戦ではない。負けてもリカバリが利く状況なのだ。だから俺はこの敗北を糧とする。同じ過ちを実戦で繰り返さないために。

……かなり悔しいから、次は絶対に喰らわない。

「ふう」

テレスはひとしきり笑うと、急にその場にへたり込んでしまった。

中級魔法と初級魔法を使ったことによる魔力切れだろう。

俺はへたり込んだテレスの下まで行き、手を差し伸べる。

「お疲れ」

「ふふん！　私の凄さに気付いたか？」

「ああ。凄いな」

差し伸べた手を握り、テレスが起き上がる。

いつもは適当にあしらうところだが、今日は気になることもあったので認めておいた。

「そ、そうか。ふ、ふん」

俺が褒めたのがそんなに嬉しかったのか、テレスが盛大にニヤける。

隠そうとしているみたいだが、隠しきれていない。

「なあ。ちょっと前まで、中級魔術とか詠唱《えいしょう》省略は使えなかっただろ？　どうして急に使えるようになったんだ？」

「ああ、家で練習してきた」

軽い口調で、テレスはそう言った。

家で練習してきたって……。

「そんな簡単に習得できるモノなのか？」

「普通は無理だな。だが私は天才だから、この程度は余裕だ！」

属性魔術を使えないから、どの程度の期間で魔術を上達させられるのかが分からない。

ドッセルが使えるのが中級魔術だけと考えると、案外本当にテレスは天才なのかもしれない。

夜、セシルに魔術の習得ペースを聞いてみよう。

「そ、それでだな。私が勝ったのだから、私の言うことを聞け！」

「……勝った方の言うことを聞くなんて初耳だぞ？」

「ん？　私が心の中で決めていたのだから、当たり前だぞ？」

勝手過ぎるだろ！

何で心の中で決めたことを決定事項みたいに言ってるんだよ。

「……何を聞いて欲しいんだ？」

「それはだな……」

テレスが答えようとした時だった。

背後から複数の魔力を感じた。

「な……何だ、こいつらは」

遅れてそれに気付いたテレスが呆然とした声を漏らす。

俺達の背後で、魔物の群れが俺達を睨みつけていた。

◆　◆　◆

この森の深部で発生する魔物は何種類かいるが、その中で最も発生率が多いのは《黒　犬《ブラックドッグ》》という犬の魔物だ。

名前の通り、黒い犬の魔物だ。

下級の魔物だが、鋭い牙《きば》を持っており非常に獰猛だ。

人間を見つけたら積極的に襲い掛かってくるため、森に入った子供が襲われる事件が何度も起きていた。

修業を始めてから、俺は何度か《黒　犬《ブラックドッグ》》と戦う機会があった。魔物との戦闘を経験するため、森の奥に入って戦いを挑んだのだ。

《人　食　茸《マンイーターマッシュルーム》》よりも素早かったが、下級の魔物とされるだけあって弱かった。大して苦戦することもなく、倒すことができた。

……だが、同時に相手にしたのは多くて四匹までだ。

「ひっ」

《黒　犬《ブラックドッグ》》の群れを見て、テレスがか細い悲鳴をあげて抱きついてきた。

いつも威勢の良いテレスだが、さすがにこの数の魔物は怖いらしい。

『グルウウウ』

《黒　犬《ブラックドッグ》》の数は、十匹といったところか。

低く唸りながら、ジリジリと距離を詰めてくる。

背を向けて逃走することを考えたが、即座にその考えを否定する。

俺一人なら逃げられるだろうが、抱きついたままのテレスを連れて行くのは難しい。

それに俺達を追って森の外に出てきたら、面倒なことになる。

「テレス、このまま後ろに下がって森の外に逃げろ」

「ウルグはど、どうするんだ」

「俺があいつらを引き付けるから」

小声で指示を出すが、テレスは嫌だと首を振った。

「お、お前を置いてはいけない……！」

そう言ってくれることは少し嬉しかったが、今はそれどころじゃない。

「じゃあ、逃げなくていいから、樹の後ろに隠れていてくれ」

「で、でも」

「頼む、テレス」

抱きついているテレスを引き剥がし、何歩か前に出て片手剣を《黒犬《ブラックドッグ》》達に向けて構える。

《魔力武装《アーマメント》》を行うと、連中の血走った眼球が一斉に俺を捉えた。

《黒犬《ブラックドッグ》》達の注意が完全にテレスから外れたのを確認し、隠れているようにと再度言い聞かせ、一歩前に踏み出す。

敵の数は十。一体一体の強さは大したことがないとはいえ、囲まれてしまえば対処は難しい。

だから、囲まれない立ち居振る舞いをしなければならない。

冷静になれ……。こういう時に対処できる修業もしてきたはずだ。

『グルウウウ』

『アォオオオ!!』

先頭にいた三匹が地面を蹴りつけ、勢い良く飛びかかってきた。

ステップを踏んで二匹を躱《かわ》し、向かってきた三匹目を斬り付ける。

『ギャンッ』

悲鳴を上げて、三匹目が地面に沈んだ。黒い血を流し、そのまま動かなくなる。

よし……まずは一匹。

『オオオオオン!!』

それを皮切りにして、他の《黒犬《ブラックドッグ》》達が牙《きば》を剥き出しにして襲いかかってきた。

冷静に回避していくが、さすがに数が多い。

躱《かわ》し切れないと判断した個体には、噛み付いてくるタイミングを見計らい、一撃を喰らわせた。

悲鳴をあげて、斬られた《黒犬《ブラックドッグ》》が倒れていく。

今ので二匹倒した。

「……残り、七匹」

『絶心流剣術指南書』には、基本的な技がいくつも書かれていた。

相手が攻めてくるのを待ち構える技もあったが、待っていては囲まれて終わりだ。

向かってくる《黒　犬《ブラックドッグ》》に対し、幾度と練習した攻めの技を放つ。
「ハァアア!!」
鋭く踏み込み、一匹を袈裟《けさ》懸《が》けに真っ二つにする。
それで終わらず、次の攻めに繋げる。
フェイントを交えながら、囲もうと動く個体を狙って一閃《いっせん》。
『ギャンッ！』
連続して仲間がやられたことに動揺したのか、《黒　犬《ブラックドッグ》》達の動きが鈍る。
その隙を見逃さず、一番近くにいた個体へ上段から一太刀を浴びせた。
吹き出す鮮血を視界の端に捉えながら、動きは止めない。
次へ、次へ、次へ。
止まることなく、攻め続ける。
残り、四匹。
『オオオッ』
仲間の死骸《しがい》を乗り越え、二匹の《黒　犬《ブラックドッグ》》が突っ込んできた。
動きにフェイントを混ぜて撹乱させ、戸惑って動きを鈍らせた個体を斬り付ける。
「……！」
仲間の死骸《しがい》を飛び越えて、もう一匹の犬が攻めてきた。
姿勢を低くし、俺の足に噛み付こうと地面を這うようにして駆けてくる。

剣は振り切った状態で、使えない。

だったら――。

「……ハッ！」

タイミングを見計らい、大口を開いた《黒　犬《ブラックドッグ》》の横っ面へ蹴りを叩き込んだ。

悲鳴をあげ、《黒　犬《ブラックドッグ》》が吹き飛んでいく。

近くにあった樹に激突し、グシャリと音を立てて潰れた。

「……残り、二匹」

《魔力武装《アーマメント》》は身体能力を強化するだけでなく、周囲の気配や動きなどを察知する『感覚』も同時に強化してくれる。

だから、一匹が背後から忍び寄ってきていることも当然分かっていた。

振り返りざまに剣を振り下ろそうとした、その時だった。

「危ない！」

『ギャンッ』

テレスの叫び声。

同時に、飛んできた魔術が《黒　犬《ブラックドッグ》》を吹き飛ばした。

吹き飛ばされた個体は、樹に頭をぶつけ、そのまま動かなくなる。

「や、やった……」

安堵《あんど》し、テレスが地面にへたり込んだ。

何をしてる……！

「テレスッ！」

「え……？」

まだ一匹、《黒犬《ブラックドッグ》》が残っている。

最後の一匹が標的をテレスに変更し、勢い良く走りだす。

「……クソっ！」

考えるよりも先に、体が動いていた。

テレスのいる方向へ、全力で走る。

地面を蹴り、飛び上がる《黒犬《ブラックドッグ》》。目を塞ぎ、悲鳴をあげるテレス。

すべてがスローモーションに見えた。

「間にッ」

──合った！

《黒犬《ブラックドッグ》》の牙《きば》が、テレスに突き刺さる直前だった。

テレスと《黒犬《ブラックドッグ》》の間に腕をねじ込むことに成功した。

「……ぐ、うッ！」

テレスに突き刺さるはずだった牙《きば》は俺の腕に突き刺さった。

焼けるような痛みが奔る。

激痛に叫びそうになるのを抑えこみ、これ以上牙《きば》が食い込まないように《魔力武装《アーマメント》》を強化する。

魔力を纏《まと》った俺の腕に、《黒犬《ブラックドッグ》》が顎の力を強めるが牙《きば》はピクリとも沈まない。

「お……おぉ！」

俺の腕にぶら下がる体勢となった《黒犬《ブラックドッグ》》へ、片手で剣を振り下ろした。

最大威力で振られた片手剣は《黒犬《ブラックドッグ》》の体を四散させる。全身にどす黒い血液が降りかかるが、今の俺に気にしている余裕はなかった。

燃えるような痛みを発する腕から血液がボタボタとこぼれ落ちる。

それを視認した瞬間、フッと気が遠くなるのを感じた。

傷はそれほど深くない。自分の血を見て、失神しかけているのだろう。

我ながら……細い神経だ。

「……っ」

足から力が失われ、膝が折れて地面に倒れ込む。

湿った地面はひんやりとしていて気持ち良かった。

「う、うわぁああ！」

テレスの悲鳴が聞こえる。

「ウルグ！　ウルグぅ！」

うるさいな……。

そんなに叫ばなくても、聞こえてる。

「馬鹿……。出てくるなって……言っただろ」

意識が遠くなっていく中で、テレスへ文句を言う。

「ごめんなさい、ごめんなさい」と俺の胸に顔を埋めながら、テレスが泣きじゃくっている。

クソ……意識が、遠くなってきた。

テレスが噛まれそうになって、俺はどうしてあんなに必死に走ったんだろうな……。

絡まれて、面倒くさいとか思っていたのに……。

第七話 テレスのお願い

――夢を見ていた。

高校時代、剣道部で使っていた道場に立っている。

ちょうど練習が終わったところで、外はすっかり暗くなっていた。

「あー、やっと終わった」

「今日もきつかったですね」

疲労の色を見せながらも、どこか満足気な面々。

先輩後輩関係なく、和気あいあいとした雰囲気で、皆が着替えるために部室の中へ入っていく。

――その中に、俺の姿はない。

ゆっくりと、その後ろを付いて行く。

「××は後で入れよ」

部室に入ろうとすると、同級生の一人に遮《さえぎ》られた。

「お前が入ると窮屈になるから」

たしかに部室はそれほど広くない。男子部員が全員で入るといっぱいになってしまう程度のスペースしかない。

「……だったら後輩を外に出せばいいだろ」

後輩が先に入って、俺が待たされるのは間違っている。

同級生の言葉をバッサリと斬って、中に入ろうとした。

「おい！」

それが気に食わなかったのだろう。同級生が怒鳴りながら突き飛ばしてきた。

「いいから外にいろよ」

「……うるせぇな。弱ぇくせに」

「ッ」

同じように同級生の胸を突き飛ばし、俺は強引に部室の中に入った。

その同級生は歯を食いしばって睨み付けてくるが、結局何も言わなかった。

この時点で、俺はこの同級生よりも圧倒的に強かった。一度も負けたことはない。

だから、俺の言葉に反発できなかったのだろう。

「────」

部室の中は剣呑《けんのん》な雰囲気が漂っていた。誰もが俺に敵意の籠《こも》った視線を向けてくる。

どうして、そんな目で見られないといけないんだ。

俺は何も、間違ったことなんて言ってないのに。

どうして誰も、俺を認めてくれないんだ。

俺より弱い奴がチヤホヤされて、おかしいじゃないか。

「……弱いくせに」

きっと、まだ足りないんだ。もっと、もっと強くなれば。最強になれば、皆だって俺を認めてくれるはずだ。

もっと強く、強くならなければ。

「誰か、俺を――」

◆◆◆

深海の底から、急速に引き上げられるような感覚があった。

散っていた意識が、意識を取り戻していく。

「……っ」

嫌な夢を見た。最近はすっかり忘れていた、前世でのでき事。

思い出すと、酷く憂鬱《ゆううつ》な気分になる。

「ん……」

それを振り払おうと頭を動かして、自分の頭が何か柔らかい物の上に乗っていることに気が付いた。家の枕とは違う、弾力のある柔らかさだ。それに少し温かい。

どうやら俺は、何かの上で寝転がっているようだった。

ぼんやりとした頭で、眠る前のことを思い出す。

そうだ。俺は《黒犬《ブラックドッグ》》に噛まれて――。

目を開けると、碧《あお》い双眸《そうぼう》が俺を覗きこんでいた。

「テレス……？」

目があった瞬間、テレスの顔がボンと赤く染まる。

「お……起きたなら、さっさと降りろ！」

「うお」

テレスが裏返った声でそう叫ぶと、勢い良く立ち上がった。

俺は枕から転げ落ち、地面に落下する。

ひでぇ……。

「……膝枕《ひざまくら》、してくれてたのか」

「違うな、気のせいだ」

気のせいではないだろ。

周囲を見ればまだ薄暗い森の中だ。

テレスはあの後移動することなく森の中に俺と留まったらしい。

魔物がまた襲ってきたらどうするつもりだったんだ……。

……いや、テレスの腕力では俺を外に運ぶことができなかったのだろう。

確か俺は、あの《黒犬《ブラックドッグ》》に噛まれて傷を負ったんだ。俺がいたせいでテレスは移動できなかったのか。

「……あ、れ」

そういえば、噛まれたはずの腕に痛みがない。

傷口を見れば、服は破けていたものの、傷はほとんど塞がっていた。

「……《治癒《ヒール》》を使ったんだ」

《治癒《ヒール》》とは、対象の傷を癒やす効果がある魔術だ。

一応は水属性魔術に分類されているが、基本的には『治癒魔術』というくくりで見られている。

どうやらテレスは風の魔術だけでなく、治癒魔術も使えるらしい。

俺が言うのもおかしな話だが、この歳でこれだけ魔術が使えるのは、凄いことなんじゃないだろうか。

もしかしたら本当に、テレスは天才なのかもしれない。

「そうか……テレスが治してくれたんだな」

「ち、違うな、気のせいだ」

「どっちだ」

《治癒《ヒール》》で治りきっていない傷もあるが、そのほとんどがただの擦り傷だ。ヒリヒリとする程度でしかない。

知識としては知っていたが、治療系の魔術は凄いな。

使用できるかできないかで、戦いの結果が大きく変わってしまうくらいの効果を持っている。

……俺は使えないが。

「ありがとな。テレス」

「ん……」

「よっと」

服を払いながら、立ち上がる。

地面で寝ていたせいで服が土まみれだ。

手で払うが、なかなか綺麗にならない。帰ったら洗わないといけないな。

……また無茶をしてしまった。セシルが知ったら怒るだろうな。また、泣かせてしまうかもしれない。

心配させないと誓ったのに、またこれか。情けないな。

「テレスの服も、かなり汚れちゃったな」

特に膝の部分は土で茶色になってしまっている。

「膝枕ん時のか。こっちこい」

「違う……気のせいだ」

「どっちかってと土のせいだな」

引き寄せて、服に付いた汚れを払い落としてやる。

テレスは俯いて、どこか気まずそうにしている。

「帰ったらちゃんと洗っとけよ。……できれば、森の中にいたことは内緒にして欲しい。修業ができなくなると、困るからな」

「あ、ああ」

頷くも、テレスの意識はどこか他にあるようだった。

もしかしたら、魔物に襲われてまだ怯えているのかもしれない。

やはり、あの時に無理にでも逃がしておくべきだったか。

「な、なぁ、ウルグ」

不安そうに、テレスが顔を覗き込んできた。

「どうした?」

「怒って、いるか……?」

怒っている……?

「私のせいで、怪我をさせてしまった……。ごめんなさい」

次の言葉で、ようやく意味が分かった。

どうやら、俺が怪我を負ったことを気にしているようだった。

「別に、怒ってないよ」

「で、でも……」

「あれは、俺が油断していたのが悪かったんだ。テレスが気に病む必要なんてない」

たしかに、テレスが出てこなければああはならなかっただろう。

だが、今回の件は俺がもっとちゃんとしていれば、防げた事故だった。

まだまだ、俺の視野は狭い。戦いに集中し過ぎて、テレスのことを忘れてしまっていた。

だから、己の実力不足を悔いても、テレスを責めることはない。

「今日はもう、帰ろうか」

服も汚れてしまったし、何より疲れたからな。帰ってしっかりと休みたい。

テレスにも、休息は必要だろう。

出口に向かって歩こうとして、テレスに裾を引っ張られた。

「どうした？」

「また……一緒に修業してくれるか？」

「……ああ。俺はいつもここで修業してるからな。テレスが来たいなら、好きにするといい」

「ああ……！」

「ただし、今度同じことがあったらちゃんと逃げろよ」

「……はい」

しゅんとするテレスに、思わず頬が緩む。

それを見たテレスが「笑うな！」とムキになるのに苦笑しながら、森を後にした。


テレスと別れた帰り道。

すれ違う人達が、異様な目でこちらを見てくる。

最初は汚れているからかと思ったが、すぐに気が付いた。

「……帽子がない」

《黒犬《ブラックドッグ》》との戦いの間に、落としてしまったらしい。

手で髪を隠して、慌てて家へ走る。

「あれ……？」

だとしたら、テレスは俺の黒髪を見ていたことになるんじゃないか？

◆　◆　◆

あれから三日が経過した。

今日も森で剣を振って修業をする。いつ魔物が出てきてもいいように、周囲に気を配ることを忘れない。

三日前のあれは二度と繰り返してはいけない失態だ。相手が最下級の魔物だったから良かったものの、下手をすれば死んでいた。

テレスに敗北したことも、《黒犬《ブラックドツグ》》に怪我を負わされたことも、すべて気の緩みから起こったことだ。意識を改め、修業をしなければならない。

「――――」

《魔力武装《アーマメント》》を発動しながら、《黒犬《ブラックドツグ》》との戦闘を思い出す。

俺と相対する十匹の《黒犬《ブラックドツグ》》。奴らの動きを思い出しながら、そのイメージに向かって剣を振る。

「はっ――‼」

突進を回避し、横を通り抜ける瞬間に斬り付ける。

同時に飛びかかってくる《黒犬《ブラックドツグ》》を躱《かわ》す。

殺すのに的確な魔力量に調節して剣を振る。

上段、正眼、下段、八相の構え。いろいろな構えで《黒犬《ブラックドッグ》》のイメージを斬り殺していく。

ただ単純に体を鍛えているだけでは、剣の腕は上達しない。

剣速や威力は上昇していくだろうが、それだけではとても《剣聖》には届かないだろう。

俺が身に付けたいのは腕っ節じゃない。剣の腕だ。

そのために、前世の剣道で培《つちか》った知識や、上達するためのコツを余すことなく利用する。

イメージトレーニングの中で自分が打った手は合理的か否か。合理的ならばより良くする方法を考え、非合理的ならばどうすれば良かったのかを考える。

《黒犬《ブラックドッグ》》との戦いが終わってからは、そうした合理的な次の一手を考える修業に力を入れていた。

「来たぞ！　私だ！」

そんなふうに考えながら、修業している時だった。

いつもの調子で、テレスがやってきた。

「勝負だ！」

やってくるや否や、テレスは俺に指を突きつけて叫ぶ。もはや恒例となったやり取りだ。

「…………」

《黒犬《ブラックドッグ》》との戦いの後も、テレスとは何度も会っているが、特に変わった様子はない。俺の黒髪を見たはずなのに、だ。

もしかしたら気が動転していて気付いていなかった、という可能性もあるが……。
正直に言って、怖かった。
テレスから「黒髪は気持ち悪い」と言われたらと思うと、体が震える。
いつの間にかテレスは、嫌われたくない相手になっていた。
「ウルグ！　ぼーっとするな！　行くぞ！」
考えていると、テレスに怒られてしまった。
「あ……ああ」
頷き、身構える。
すぐに、模擬戦が始まった。
《風刃《ゲイルスラッシュ》》
いつものように、テレスが魔術を放ってきた。
その場から動かず、俺は一刀で風の刃を両断する。
「はぁ――――！」
間髪入れず、テレスが《旋風《ホワールウインド》》を撃ってきた。
《風刃《ゲイルスラッシュ》》と同じように斬り裂くと、その間にテレスは後ろに下がっていた。
おお。距離を取ったか。
後ろに下がりながらも、テレスは魔術の手を止めない。
連続して《旋風《ホワールウインド》》を撃ってくる。以前より、一撃一撃の威力が上がっていた。

テレスの成長速度には、目を瞠《みは》るものがあるな。

だが――。

「ふッ！」

威力が上がっていても、やることは同じだ。

《旋風《ホワールウインド》》をすべて斬り落とし、テレスへ肉薄する。

そうして、さらに距離を取ろうとしたところに刃を突き付け、戦いは終了した。

「……次は負けない」

悔しそうに負けを認めながら、闘志を燃やすテレス。

《黒犬《ブラックドッグ》》の一件以来、テレスの成長速度が加速したような気がする。

前は単調に魔術を撃ってくるだけだったが、今は俺から距離を取り、攻撃のタイミングを計っている。

そして、単発でしか撃てなかった《旋風《ホワールウインド》》を連続で撃ってくるようになった。

最初は一発撃つだけで精一杯だったのに、短期間で連発できるまでになったのだ。

素直に凄いと思う。

セシルに魔術について聞いたが、やはり一朝一夕で身に付くようなものではないらしい。

詠唱《えいしょう》破棄や中級魔術は魔力のコントロールに工夫がいるため、かなりの特訓が必要なのだとか。

テレスが家で何をしているかは分からないが、もしかしたら必死に修業しているのかもしれない。

「やはり、《風刃《ゲイルスラッシュ》》と《旋風《ホワールウインド》》だけじゃウルグに勝つのは難しいか……」

「そもそも、魔術師が剣士と近距離で戦おうとするのが間違ってると思うぞ。普通は遠距離から大きな魔術を使って一撃で仕留めるか、前衛の人と協力して戦うもんだ」

「前衛って？」

「んー……簡単にいえば前の方で敵と戦う人だな」

「前衛……。後ろで戦う魔術師は後衛ってことか？」

「その通り」

俺と同じぐらいの歳なのに、飲み込みも早い。

あのイジメっ子達のことを考えると、頭も良さそうだ。

何かしらの教育を受けているのだろうか？　それとも俺と同じように本を読んで勉強しているのか？

「だから魔術師のお前が、あの距離で俺と戦って負けるのは当然だと思うぞ」

「むぅ……」

テレスは目を瞑《つぶ》って何かを考え始めてしまった。

かなり悩んでいるようで、金色の眉がピクピクと動いている。

やはり地毛と同じ色になるんだなぁ、他の毛もそうなんだろうか。

なんて考えていると、テレスは何かを決断したらしい。

カッと目を見開いた。

「私は剣が嫌いだ！」

「あ、ああ」

そういえば、前も剣が嫌いとか言っていたな。

テレスは険しい表情のまま、言葉を続けた。

「だが、ウルグに勝つには今のままじゃ駄目だ。それは悔しい。だから、私も剣を覚える。剣を教えてくれ、ウルグ」

テレスは凄く嫌そうな顔をしながらも、俺の片手剣を指さして、そう言った。

教えてくれって言われてもな……。

「教えるって言っても、俺は特にどこの流派にも入ってないぞ？　やってる修業だって、全部我流だ」

「それでもいい。ウルグのやっていることを教えてくれ！」

どうしたものか……。

そういえば、前世で剣道の先生が、

『誰かに剣道を教えるということは、自分の勉強にもなります。相手に言ったことを自分ができているかを確認できますし、説明することで新しい発見があります。ですから、先生も皆さんに剣道を教えることで勉強をしているのです』

なんて言っていたな。

先生の言っていたように、テレスに剣を教えれば俺も勉強になるかもしれない。

「……分かった。ただし、俺も自分の修業がしたいから、そんなに長い間は教えられないぞ」

「それでもいい！」

こうして、俺は未熟な身でありながら、テレスに剣を教えることになった。

◆　◆　◆

それから数日が経過した。

討伐隊の倉庫から盗んできた片手剣のもう一本を貸して、剣の構え方や素振りの仕方、打ち込みなどをテレスに教えた。

そこで、あることが発覚した。

テレスは《魔力武装《アーマメント》》が使えなかったのだ。無属性魔術への適性がなかったらしい。

俺は《魔力武装《アーマメント》》なしでもすでに剣を扱えるが、テレスの細い腕では難しい。

何度か止めるかと聞いたが、テレスは頑《かたく》なに剣の修業を続けることを選んだ。

だから、片手剣ではなく、家の倉庫にあった木刀を貸して、それで修業をさせることにした。

今は、剣を振る上での基本的なことを教えている。

「そんなに重心を崩していたら駄目だ。それじゃあ連続して剣を振れないぞ」

人に剣を教えるというのは、思いの外難しかった。

悪い部分は分かるのだが、その直し方が上手く言葉で表現できないのだ。

何とか言葉を探し、手本を見せるが、正しくできているのかは正直不安だ。

しかし、収穫はあった。

テレスの悪いところを指摘しているうちに、自分の悪い所も見えてきたのだ。

例えば、俺は相手に深く斬り込もうとする一瞬、わずかに重心を崩してしまっていた。

重心を崩すということはつまり、隙ができるということだ。

それは良くない。

気付いてからは、重心を崩さないことを極端なほど意識して斬り込みを行っている。

これも剣道の先生の言葉だが、欠点は極端なほどに意識して直そうとしなければ直らない。

テレスにも、先生の言葉を借りてそう教える。

テレスも俺も、意識することで少しずつ、駄目な部分が直ってきていた。


「行くぞ！」

修業をつけた後、いつものように木刀で模擬戦を始める。

威勢よくそう言うと、先に動いたのはテレスだった。

勢い良く間合いを詰め、右上段から打ち込んでくる。

正眼に構える俺は、それを軽く弾いた。

「はぁあ！」

テレスは剣が弾かれると同時に横に飛びながら、再度斬り掛かってくる。

教えた通り、剣を振ってからすぐに次の攻撃に移れるように、重心を崩さないことを意識しているようだ。

だが、如何せん隙が多過ぎる。剣が大振り過ぎるのだ。

剣を振る瞬間に、胴体ががら空きになってしまっている。

これでは打ち込んでくださいと言っているようなものだ。

「《旋　風《ホワールウインド》》」

「！」

テレスは剣が俺に通用しないと分かると、魔術を使用した。

クルクルと回転する風を生み出したかと思うと、それを木刀に絡ませる。

「はぁ！」

風を纏《まと》わせた効果か、剣を振り下ろす速度が速くなった。

魔術を使った戦い方は教えていないから、自分で思いついたのだろう。

《魔力武装《アーマメント》》で武器に魔力を纏《まと》わせられない分、風の魔術でカバーしている。

こういうふうに自分で考えて戦い方を思いつくあたり、やはりテレスは頭がいい。

「……甘い！」

しかし、剣の軌道が見え見えだ。

軽く横に跳ぶだけで、テレスの木刀はいとも容易く空振る。

勢い余った木刀が地面にぶつかり、土を飛ばす。

そこへ俺は木刀を突きつけた。

戦いの後は、反省会だ。

どこが悪かったのかを、テレスに教える。

「前も言ったけど、剣が大振り過ぎる。あれじゃ胴体に打ち込まれて終わりだ」

「どうしたらいいんだ……」

「まず基礎的な筋力が足りてないからな。きちんと素振りとかをして筋力や体力を付けないといけないな」

「はい……」

毎回のことだが、テレスは悪かったところを教えると落ち込む。たまに泣きそうになることもある。

とはいえ、小学生の頃に剣道をやっていた同級生には練習のキツさに泣いて、辞めていく奴も多かった。

やめると言わないあたり、テレスには気合があるな。

「だけど、重心を崩さないように意識してたのは良かったよ。あと《旋風《ホワールウインド》》を利用してたのも良いと思う」

「ほ、ほんとか？」

「ああ」

「ふ、ふん……」

無愛想な感じに、テレスが鼻を鳴らす。

口元が緩んでるぞ。

修業を付けてから模擬戦をし、反省会をして終了。

反省会が終わると、テレスは何か用事でもあるのか、いつもすぐに帰っていく。

「………」

しかし、今日のテレスは違った。

なぜかモジモジしながら、何かを言いたげに木刀の手入れをしながらチラチラこちらを見てくる。

「何か言いたいことがあるのか？」

もどかしいので俺から聞いてみると、テレスはビクッと体を震わせた後、意を決したように勢い良く口を開いた。

「こ、今度ウルグの家に私を連れて行って欲しい！」

家にはアリネアやドッセルがいるから、俺が勝手に家に人を入れたら良い顔はしないだろう。

後で嫌味を言われるのが目に見えている。下手すればテレスごと外に追い出されるかもしれない。

「……なんでだ？」

「い、いいだろ⁉　この前私が勝負で勝ったのだから！」

「そう言われてもな……。今度っていつだ？」

「三日後だ」

「三日後？」

やけに具体的だな。

そう考えて、あることに思い至った。

三日後はこの森に、討伐隊がやってくる日だ。

戦える村の大人達は武器を持って森に入り、その妻はそれをサポートするために集会場に集まって料理を作る。

確か、ドッセルとアリネアもその日は家を出て討伐隊に参加するんだったな。

何日か前に、この村を領地として治める貴族——アルナード家の人間が討伐隊に加わる、みたいなことをドッセルとアリネアが話していたのを覚えている。

「……駄目か？」

両親がいない日なら、テレスを呼んでも大丈夫だろう。

ただひとつ、問題がある。

セシルの存在だ。あの姉がテレスと会った時、何をしでかすか分からない。

「……分かった。ひとまず、家族にテレスを呼んでいいか聞いてみるよ」

「本当か⁉」

「ああ。姉が良いって言ったら、大丈夫だと思う」

しばらく考えた結果、セシルに許可を得てから決めることにした。

彼女が許可をくれるなら、大丈夫だろう。

その晩、セシルに聞いたところ、「大歓迎よ」と静かに笑っていた。

彼女の許可が出たことで、三日後、我が家へテレスが来訪することが決まったのだった。

……本当に大丈夫か？

第八話　他の奴のことなんて

約束の日がやってきた。

今日は定期的に行われる、討伐隊による魔物掃除の日だ。

魔物が多く発生するタイミングは決まっているらしく、その日に合わせて掃除が行われる。

朝、アリネアとドッセルが貴族かぶれのような気合いの入った服装をして出かけていくのを見かけた。

今回の討伐には貴族の領主様が来るから、張り切っているのだろう。

「タイレス様が来るから、いいところを見せねば」

みたいなことをドッセルが言ってたしな。タイレスというのは領主の名前みたいだ。

この領主が討伐隊に参加するのには、しっかりとした理由がある。

なんでも、最近この世界の各地で魔物の動きが少しずつ活発になってきているようだ。

領主はこの村にやってきたついでに、討伐隊とともに異変が起きていないかを確認しにいくらしい。

異変か……。

前の《黒犬《ブラックドッグ》》達は、もしかしたらその異変だったのかもしれない。

あれだけの魔物が森の浅い所に出てくるのは、滅多にないことだからだ。

……まあ、それは大人達が調査してくれるだろう。

それよりも今は、やらなくてはならないことがある。

ドッセル達が出て行ってから、一時間ほど経過した頃だった。

こんこん、と家の扉が控えめにノックされた。

扉の近くで待っていた俺は、すぐに扉を開く。

「おはよう、ウルグ」

外に、テレスが立っていた。

いつもの動きやすい軽装とは違い、今日はお洒落な服装をしている。

「いらっしゃい」

「う、うむ」

家にあがったテレスは、落ち着きがなかった。

どこかソワソワとしており、視線をキョロキョロとあちこちに向けている。

緊張でもしてるのか？

「うーん。せっかく来てもらったけど、家にはなんにもないぞ？」

「……それでもいい」

遊べるようなモノもない。

というか、家に友達を呼んだことが一度もない俺には、何をしたらいいのかさっぱり分からない。

……そういえば、セシルに連れて来いって言われてたな。

「ウルグ以外は誰もいないのか？」

「いや、二階に姉がいるよ。……会ってみるか？」

会わせると暴走しそうで怖いが、会わせないのもそれはそれで怖い。

「おお、ぜひ会わせて欲しい」

テレスは興味津々といった様子で頷いた。

「何か用事でもあったのか？」

「あ、あれだ。お姉さんに挨拶するんだ」

「そんなかしこまらなくてもいいけど……分かった」

いくらセシルとはいえ、そこまでおかしなことはしないだろ。

最近はほとんど外に出ていないし、家族以外の人と話すのは良い刺激になるかもしれない。

「姉様、前に言ってたテレスを連れて来ました」

「入っていいわよ」

ノックして許可を取った後、部屋の中に入る。

前にノックなしで入った時は、俺の服を顔に押し付けて暴れていたからな。ノックは重要だ。

「お、おじゃま、してます……」

テレスは緊張して、かなり硬くなっていた。

「いらっしゃい。貴方がテレスちゃんね？」

それをほぐすように、セシルが優しく声を掛ける。

「ウルグはお前になんぞ渡さん！」とか言い出したりしなくて良かった。

「……あら？」

テレスの顔をじっと見て、不意にセシルが声を漏らす。

「――――」

そして一瞬だけ目を細めると、小さく息を吐いた。

「……姉様？」

「ううん、何でもない。それよりテレスちゃん。ウルグと仲良くしてくれてありがとね？」

「い、いえ……。私の方が、仲良くしてもらってるので……」

「そうなの？　こんな可愛い子と友達になるなんて、さすがウルグね」

からかうような言葉に、テレスが顔を赤くしてうつむく。そんな様子に「うふふふ」とセシルは笑った。

それにしても、少し驚いた。

いつも「～だ！」みたいな喋り方をしているテレスが敬語を使うなんてな。

服装といい、魔術が使えることといい、たどたどしいとはいえ敬語が使える所といい、テレスは結構いい所のお嬢様だったりするのかもしれない。

もしかしたら、アルナード家のお嬢様だったりな。

……まあ、それはないだろう。もしそうなら、こんな自由に外を出歩けないし。

それからしばらく、セシルとテレスは楽しそうに話をしていた。

傍に本人がいるっていうのに、俺の話で盛り上がっている。

……なんか気恥ずかしい。

それにしても……こうして見ると、セシルもテレスも美人だな。

二人共、外国のモデルみたいだ。

この世界の人間は皆顔の彫りが深い。

俺も外見に前世の面影があるが（主に目）、全体的に彫りが深くなっている。

「ありがとう、テレスちゃん。お話しできて楽しかったわ」

しばらくして、二人の話は終わったようだ。

「ウルグはこう見えて寂しがり屋なの。だからね、これからもウルグと仲良くしてあげてね」

「は、はい！　もちろんです」

「じゃあ、ウルグ。私は一眠りするわ。テレスちゃんと仲良くね」

「……はい」

去り際、何度もウインクしてくるセシルに苦笑しつつ、俺達は部屋の外に出た。

「お前、敬語とか喋れたんだな」

「当然だ。私はやればできる子だからな」

特に行く所もないので、向かったのは俺の部屋だ。

ドアを開けて、中に入る。

「ここがウルグの部屋か……」

ベッドや机などの家具と服が置いてあるだけの簡素な部屋だ。

興味深そうに部屋の中を見回すテレス。

「何もなくて悪いな。まあ適当に寛《くつろ》いでくれ。お茶を持ってくる」

テレスを部屋に置いて、一階の居間へ降りる。

お茶を出すくらいならドッセル達も怒ったりはしないだろう。

客用の紅茶を二杯入れて、二階に持っていく。

テレス、紅茶飲めるだろうか。

「……ん？」

部屋の前にやってきたが、やけに中が静かだった。

テレスは何をしているんだ？

そっと、扉を開いて中を覗いた。

「――――」

テレスが俺のベッドで寝ていた。

シーツに顔を埋め、毛布を全身に巻いている。

「んー」

一人で、唸り声を上げている。

何の現場だ、これは。

「……おい、何をしている」

「ひゃあ!?」

声を掛けると、恐ろしい勢いでベッドから跳ね上がった。

宙でクルリと回ると、華麗に地面に着地する。

そして何事もなかったかのように、「おかえりウルグ」とこちらを見てくる。

「喉が渇いたな。お茶をくれ」

「おい、誤魔化《ごまか》されんぞ。何をしていた」

「何のことだ?」

「いや、だから」

「な、ん、の、こ、と、だ」

……これ以上の追及はやめておこう。

凄まじい殺気だ。これは触れない方がいい。

命が危ないと判断し、黙ってテレスにお茶を渡すことにした。

しばらく、それを二人で啜《すす》る。

「なあ。前から気になってたんだけど、テレスはどの辺に住んでるんだ?」

結構離れた所に住んでいそうだ。

金髪の女の子が近所に住んでたら、すぐに分かるからな。

「……内緒だ」

「内緒って……。別に隠すことないだろ」

「嫌だ。秘密だ」

ツン、とそっぽを向かれてしまった。

「そうか……。俺には教えられないんだな……」

がっくりと肩を落とし、落ち込んで見せる。

「べ、別にウルグが嫌いだからじゃないぞ？」

釣られたテレスが、慌ててフォローしてきた。

よし。

「じゃあ……どうしてだ？」

「ひ、秘密！」

喋ってくれないか。残念。

どうしても、教えられないらしい。

まあ、人に言えないことの一つや二つはあるだろう。

「それより……。どうしてウルグは、毎日あんなふうに修業してるんだ？」

「《剣聖》になるためだよ」

そう答えると、驚かれた。

「……そうだったのか。じゃあ、ウルグはいつかこの村を出て行くのか？」

「ああ。村の外で、もっと強くなりたいからな。とりあえず、魔術学園にでも通おうかと思ってる」

「学園……。ウルキアス……の学園か」

学園の名前を出すと、露骨に嫌そうな顔をするテレス。

勉強、あんまり好きそうじゃないからな。

「あそこは勉強する所なんじゃないのか？」

「それもあるけど、剣術も教えてくれるみたいだからな。俺は勉強するために行くというよりは、強くなるために学園に通いたいんだ」

首を傾げられた。

やっぱり、テレスにはまだ難しいだろうか。

「……どうして、ウルグは《剣聖》に……そんなに強くなりたいんだ？」

「どうして……か」

前世で俺は、あと一歩、最強に手が届かなかった。

弱いから、誰にも認められなかった。

だから今度の世界では最強になって、皆に認められたい。

それが俺が《剣聖》を目指す理由。

単純で馬鹿げているかもしれないが、それが唯一の理由だ。

「……最強になりたいんだ。最強になって、いろんな人に認めてもらいたい」

「んん？　ウルグはもう十分強いと思うぞ」

「足りないんだよ。こんなんじゃ」

「……よく分からないな」

また、首を傾げられた。

俺の言い方も、漠然とし過ぎてるからな。

「でも、ウルグは学園に通いたい、ってことは分かった」

「……ああ。でも、実は勉強の方にもちょっと興味があるんだ」

嫌な顔をされた。

だけど、勉強することは大切だ。

知識があって困ることはないからな。

それに、純粋に楽しいというのもある。

魔術や魔物なんかは、前世では創作物の中にしかなかったものだ。

それが実際に存在しているのは、興味深い。

「勉強する必要なんてあるのか……？」

「ああ。何かに困った時に、勉強で身に付けた知識が役に立つ時が来るかもしれないだろ？」

「そんなことがあるのか？」

「少なくとも、俺にはあったな。だからとりあえず、勉強をしておいて絶対に損はしないよ」

俺も前世では勉強は好きじゃなかった。

剣道をするのに勉強は必要なかったし、むしろ練習の時間が減って邪魔だった。

だが、こっちの世界では生きていくための知識が必要だ。

地形、生息する魔物の特徴、魔術の仕組み。

ただ剣を振るだけなら必要のない知識だが、最強を目指す上ではいつか役に立つかもしれない。

だから俺は本を読み、必要な知識は頭に取り込んである。

セシルに聞いたところ、この世界では字が読めない者や簡単な計算ができない者が多くいる。

そう言った人間は非常に騙されやすい。騙されないためにも、勉強は必要なのだ。

「……ウルグは凄いな。嫌なことにも一生懸命になれて」

「俺は別に嫌ってわけじゃないんだけどな。目標を達成するためって考えれば、しんどくても続けられるよ。テレスだって魔術を習ったりしてるんだろ？」

「ウルグに勝つため、だ」

おお、初耳だ。

俺が理由になっていたのか。

「そう、そういう目標があれば頑張れるんだよ。最近テレスはみるみる強くなってきてるしさ」

「むう……」

テレスが唸る。

イマイチ納得できていないようだな。

「俺はさ……昔、ある人に認められたくて頑張ってたんだ。褒められたくて、頑張ったなって言ってもらいたくてさ」

　結局、一度も認めてはもらえなかったけどな。

「……テレスにはそういう人いないのか？　家族とか」

　テレスはこちらから視線を逸らすと、おずおずと言った。

「……家族ではないが……いる」

「じゃあ、その人に認めてもらいたいっていうのも目標の一つになるだろ？　褒められるために頑張るって思えば、嫌なことでも一生懸命できるんじゃないか？」

「うん……。頑張れる」

　納得してくれたようだ。

　しきりに頷いている。

　しかし、テレスは理解できているみたいだけど、よく考えれば結構難しいことを言ってるな。

「なぁ、テレスって今何歳だ？」

「七歳だ」

「やっぱり、同い年だったか」

　外見から、だいたい同い年ぐらいだと思ってた。

　それにしても、七歳にしてはずいぶん大人びた喋り方だな。

　頭の回転も速い。

　俺が七歳だった頃は、もっと馬鹿だったと思う。

「おお！　ウルグも七歳なのか。七歳なのに、ずいぶんと大人っぽいな！」

「テレスには言われたくないな」

こんな風に、紅茶を啜《すす》りながら、テレスと他愛もない話をする。

誕生日はいつだとか、好きな物はなんだとか。

前世では、こんな経験はなかった。

……これが、友達か。結構、いいものだな。

しかし、こうして話してみると、俺はテレスのことをほとんど何も知らなかったことに気付く。

どうやらテレスは、俺に家庭のことを知られたくないらしい。

身内に関しての話になると、途端に話題を逸らされてしまう。

それなら、俺も詮索はしまい。

それから、話題がセシルのことに移った。

「ウルグとあのお姉さんは全然似ていないな」

まあ、血は繋がっていないからな。

「髪の色も、全然違うし」

「……っ」

なんてことはないというように、テレスは髪について口にした。

今の俺は、帽子で髪を隠している。

髪の色に触れたということは、やはりテレスはあの時、帽子の下を見ていたのだ。

怖い。テレスに嫌われたくない。

だけど……テレスに、黒髪の俺を見て欲しいという気持ちもあった。

「……なあ、テレス」

「ん？」

「お前は俺の髪の色を、知っているのか？」

恐る恐る、そう聞いた。

それに対して、テレスは「ああ」とあっさりと頷く。

「……どうも思わないのか？　他の奴は、みんな不気味そうにしてくるぞ？」

あの三人組には、いつもからかわれる。

親であるドッセル達だって、気味悪そうにしていた。

「ふん」

テレスは大きく鼻を鳴らすと、

「――どうも思わない」

そう、キッパリと言った。

「――――」

「たしかに、最初はびっくりした。だけど、ウルグは良い奴だ。私を怒ったり、慰めたり、助けたりしてくれた。だから、髪の色なんかでウルグを不気味なんて思わない」

「テレス……」

テレスはポンと俺の頭に手を乗せると、優しく言った。

「誰かに何か言われたのか？　そんなの気にしなくても良い。そいつらは、ウルグのことを何にも知らないんだ。ウルグは目付きは悪いけど、良い奴だ」

泣きそうになった。

まさか、年下にこんな感動させられるなんて。

……目付きが悪いは、余計だけどな。

「それに、ウルグはこの私が認めているんだ」

胸を張り、テレスが偉そうに言う。

「――他の奴のことなんて、気にするな！」

多分俺は、この言葉を忘れないだろう。

こんなふうに言ってもらったのは、初めてだから。

どうしようもなく、嬉しかった。

「あと、な。もしウルグが同じ状況の人を見つけたら、その人を助けてあげて欲しい」

「俺と同じ状況……」

見た目で判断されている、という意味だろうか。

「私の好きな格言にこういうのがあるんだ。『人を助けることは自分を助けることだ』」

聞いたことがある。

確か、魔神を封印した四英雄の一人、メヴィウス・アルナードが言った言葉だ。

誰かを助ければ、巡り巡って自分を助けることになる。そういう意味だったと思う。

「良い、言葉だな」

「ああ！　昔、母様に教わったんだ」

嬉しそうに、テレスが頷く。

「……ありがとう、テレス」

「ふふん、気にするな！」

——他の奴のことなんて、気にするな。

——人を助けることは、自分を助けることだ。

テレスから聞いた言葉を、俺は胸に刻んだ。

もう、黒髪であることを悩まない。

セシルに、テレスに認めてもらえたのだから。


その後、テレスとたくさんのことを喋った。

そろそろ、討伐隊が一段落する頃だろう。

テレスも帰らなくてはならない。

「ウルグ、今日は楽しかった。ありがとう」

「ああ。また、親がいない時にでも来てくれ」

「……ああ」

頷くテレスの顔は、どこか寂しそうだった。
その理由を俺が知るのは、何年も先のことになる。

◆◆◆

領主と討伐隊は、特に大きな異変を発見できなかった。
ただ、やはり例年よりも遭遇した魔物の数が多かったらしい。
今回の調査で、警戒を高めるということが決まったようだ。
テレスが遊びに来てから、二日が経過していた。
あれから、テレスは森に来ていない。
魔物への警戒が高まったのが原因だろうか。
別段、森の見張りが増えたとかはないのだが……。
理由は分からないが、久しぶりに一人で修業をすることになった。
森までジョギングして体を温め、剣を取り出して素振りをする。
「……はッ！」
頭を上下させない。
無駄な力を入れない。
剣を振る時に重心を崩さない。
手首を柔らかく使う。

剣を真っ直ぐ振り下ろす。

全て、以前テレスに教えたことだ。

それを自分ができているか、確かめながら素振りを行う。

「――――」

その後、《魔力武装《アーマメント》》の魔力調整の修業を行う。

実戦を想定した打ち込みをしながら、即座に目的に合った魔力量に調整する。

体を動かして、相手の動きを考えながら魔力量を調整するのはかなり難しい。同時にいくつものことを考えなければならないからだ。

だが、テレスとの勝負のお陰でこの調整がスムーズに行えるようになっていた。

テレスの放つ魔術の威力を考えて、魔力量を調整して剣を振っていたからだ。

「……よし」

頭で考えずとも、感覚で調整できるようになってきている。

実戦では緊張や焦りで、修業のように余裕を持って魔力調整を行うことはできない。

だからこそ、無意識に魔力を調整できるようになるまで、繰り返し修業を行うのだ。

こうして、日が暮れるまで俺は剣を振った。

少し、一人での修業が寂しいなんて思いながら。

◆　◆　◆

翌日に、テレスがやってきた。

その表情にはいつもの覇気《はき》がなく、何か落ち込んでいるらしい。

いつもなら耳が痛いくらいの声量で「来たぞ！」と叫ぶが、今日はそれがない。

「どうかしたのか？」

無言で、テレスは首を振る。

沈んだ表情のまま、しばらくの間、俺の素振りをジッと眺めていた。

本当に、どうしたのだろう。

体調でも悪いのか？

「……ウルグ」

「どうした？」

ようやく、テレスが話し掛けてきた。

「勝負を、しよう」

いつもとは違う、どこか鬼気迫る表情だった。

「……分かった」

気迫に押され、俺は頷いた。

「…………」

「…………」

いつものように向かい合って、お互いに木刀を構える。

開始の合図はなく、いつもどちらかが先に動く。

今日、先に動いたのはテレスだった。

「《旋風《ホワールウインド》》！」

下級の魔術を放ってきた。

さらにテレスは自分で放った魔術にピッタリとくっつき、向かってきた。

俺が《旋風《ホワールウインド》》に対応した瞬間に、そこを斬りつけるつもりだろう。

横へ跳び、魔術の軌道から出る。

そして、間髪入れず、魔術の後ろにくっついていたテレスへ突っ込む。

その時、テレスの口が小さく動いていることに気付いた。

……来る。

「――《風刃《ゲイルスラッシュ》》！」

勢い良く、風の刃が放たれた。

速い。だが、対処できる。

踏み込み、《風刃《ゲイルスラッシュ》》を切断する。

「……‼」

直後、視界からテレスの姿が消えた。

どこにいるのかはすぐに分かった。

「……上か」

テレスは風を地面にぶつけ、その反動を利用して空中に飛び上がっていた。

真上から振り下ろされた刃を、バックステップで回避する。

「逃がさん！」

避けられることを予想していたのだろう。

テレスはすぐに次の攻撃に移ってきた。

《旋風《ホワールウインド》》を木刀に纏《まと》わせて、速度を上昇させて斬り掛かってくる。

《魔力武装《アーマメント》》が使えないのを、風の魔術でカバーしているのだろう。

「はぁああ！」

見切れないほどではない。

だが、最初に剣を教えた時とは見違える動きだ。

単調な振りしかできなかったテレスが、今はフェイントを交えながら様々な方向から斬り掛かってくる。

おそらく、テレスには才能があるのだろう。魔術と剣術、両方の。

だがそれ以上に、テレスは努力しているのだ。

動きを見れば、どれほどの修業をしたのかが分かる。

……だから。

「俺も、負けていられないな……！」

風による加速を利用した、怒涛《どとう》の連続攻撃。

テレスの攻撃に、後退させられている。

すぐ背後に樹が迫っている。

もう、後がない。

「終わりだ！」

そのタイミングを見計らっての、渾身《こんしん》の一撃。

喉元を狙った、強烈な突きだ。

下がることはできず、まともに受け止めるのも難しい。

「……‼」

——だから俺は、逸らすことにした。

テレスが突き出した刃に、自分の刃を重ねる。

《魔力武装《アーマメント》》で強化した腕力を使い、渾身《こんしん》の一撃の軌道を逸らす。

「な……」

驚愕に目を見開くテレス。突きが外れ、その体勢が大きく崩れる。

——そして。

「私の……負けだ」

体勢を崩したテレスの喉元に、俺が刃を突き付けた。

勝敗が決した。

◆　◆　◆

「……やはり、ウルグは強いな」

切り株に座ったテレスが、どこか嬉しそうに言う。

金色の髪が汗で濡れ、艶やかに輝いている。

「……いや、テレスも強かったよ。魔術も剣術も、見違えるくらい上達したな」

「そ、そうか？　ふふ……家で頑張って練習したんだ」

森に来なかった間、家で修業していたのだろうか。

「それにしても、魔術で空に飛んだのは驚いたよ。あんな使い方があったなんてな」

あれは、完全に不意を突かれてしまった。

やはり、魔術が使えると戦いの幅が広がるんだな。

魔術師を相手にする時は警戒しなければ。

「私も驚いたぞ。最後の突き、絶対に勝てると思ったのに……」

最後のあれは、結構ギリギリだった。

剣道の技術が役に立ったな。剣道には、相手の攻撃を逸らす技術がいくつも存在する。俺はそのうちの一つを利用したにすぎない。

「いや、かなり危なかったよ」

「むう……悔しいな」

そう言いながらも、テレスの表情はどこか嬉しそうだった。

「なあ、ウルグ」

「なんだ？」

「ウルグは魔術学園に、通うんだな？」

「ああ、そうだな。そのつもりだ」

「そうか……うん……分かった」

テレスが、コクリと頷いた。

「何が分かったんだ？」

「何でもない」

やっぱり、今日のテレスは様子がおかしいな。

どこかソワソワしている。

何かに、焦っているようだ。

「……なあウルグ。一つお願いしてもいいか？」

「ん？」

また、家に呼んで欲しいとかだろうか。

しばらくは親に外出の予定がないから、厳しそうだ。

しかし、テレスのお願いは予想とは違うものだった。

「あの、な。……頭を、撫でて欲しいのだ」

透き通るように白い肌を、真っ赤にさせながらテレスはそう言った。

「は……」

その可愛らしい姿に一瞬ドキリとしたが、すぐに平常心を取り戻す。

七歳の女の子にドギマギさせられてどうする、俺。

精神年齢を考えると、親戚の姪《めい》とか、小さな妹を相手にしているようなものだ。

……どちらも前世で居なかったけどな。

「今日のお前、なんか変だぞ？」

「……そんなことはない。いつも通り……だ」

明らかにおかしいが、触れて欲しくなさそうだ。

なら、詮索するのはやめておこう。

しかし、頭を撫でる……か。

「……駄目か？」

不安げに、上目遣いで聞いてくる。

「…………」

テレスの短い金髪に手を乗せる。

うわ、汗でびっしょりだ。

「……っ」

テレスは真っ赤な顔で目を瞑《つぶ》っている。

さすがに、汗がどうのは言えないな。

「…………」

「……んぅ」

小さく息を漏らすテレス。

少し撫でてから手を離そうとすると「もっと……」と言うように上目遣いで見てくる。

仕方ないな。

そのまま、撫で続けた。

「……えへへ」

いつもは見せないような、とろけるような笑みだ。

なんだか、撫でているこっちが落ち着く。

妹がいたら、こんな気分だったんだろうか。

テレスの頭を撫でながら、ふとそんなふうに思った。

しばらく撫で続け、手を離した。

名残惜しそうな顔をしたが、何も言っては来なかった。

「……ありがとう」

「ああ」

手が汗で湿っている。

が、男の汗のような刺激の強い臭いではなく、ふんわりと甘い匂いがする。

何で男と女でこんなに匂いが違うんだろうな。

「……あ」

と、そこで俺も結構汗をかいていることに気付いた。

それも、テレス以上にびっしょりだ。

手汗も半端ない。

汗臭くなかっただろうか。

不安になってテレスの方を見ると、

「いい匂いだったぞ」

とイタズラっぽく言われた。

……完敗だ。

それからしばらく休憩していると、テレスが立ち上がった。

「じゃあ……私はもう帰る」

「ああ、お疲れ」

そう言いながらも、テレスは帰ろうとしない。

森をグルリと見回した後、ジッと俺を見つめてくる。

「どうした？」

「ウルグ。また一緒に、修業しような」

「……？　ああ」

頷くと、テレスは安心したように笑い、帰っていった。

「……また、な」

翌日、テレスは森に来なかった。

次の日も、その次の日も。

それっきり、テレスがこの森に来ることはなかった。

第九話 鳴り響く鐘の音は

俺の朝は早い。
起きるとまず、顔を洗って目を覚まし、朝食の準備に取り掛かる。
セシルのお陰で、アリネアは朝食を作ってくれている。しかし、足りないのだ。
切り分けたパンに、サラダ、目玉焼き、牛乳。これが俺の朝食だ。
食事は体作りの基礎となる。疎《おろそ》かにしてはいけない。
それから、いつものようにセシルの下へ勉強しに行く。
が……今日、セシルの体調はあまり良くなかった。
そのため、予定を切り上げ、外へ修業しに行くことにした。
目的地はあの森だ。
入念にストレッチを行った後、森へ向けてジョギングをする。
ほどよく体が温まった頃に、目的地に到着した。
隠しておいた剣を取り出し、早速素振りを始める。
「……ふっ！　……ふっ！」
振りかぶり、剣を下ろす。一振り一振り、絞りこむように素振りしていく。
毎日やっているストレッチの効果か、手首が柔らかい。

前世は生まれつき体が硬く、剣にも柔軟性が足りなかったが、今はしなやかに剣を振ることができる。

固い剣よりも、柔らかい剣の方が次の攻撃へと繋げやすい。

「……ふう」

素振りを終えた後は、型の練習を行う。

まず、『絶心流剣術指南書』で学んだ型。その後、セシルから教わった他の流派の型の練習も行う。

変な癖がつかないよう、常に正しい姿勢を意識し続ける。

「よし」

型を一通り終えた後は、剣を使った打ち込みを行う。

鋭く踏み込み、素早く敵を斬る。

いろいろな打ち込み方を、満足するまで行う。

この世界に来て剣を振り始めた頃と比べれば、かなり様になっていると思う。

少なくとも、《黒犬《ブラックドッグ》》が十匹以上襲ってきても、余裕で対処できるだろう。

今の俺ならば、テレスを守りながらでも十分に戦えるはずだ。

「……それでも、全然足りない」

満足してはいけない。

俺が目指すのは最強だ。この程度はできて当然と思わなければ。

打ち込みを終えた後は、ひたすらにイメージトレーニングを行う。

まず、《黒犬《ブラックドッグ》》に囲まれている状況を想定した。

同時に襲い掛かってくる《黒犬《ブラックドッグ》》を躱《かわ》しながら、触れられることなく蹴散らしていく。

次は最後に戦った時のテレスを想定する。

もうあの時のテレスの動きは完全に見切っている。テレスに魔術を使わせず、剣を振る前に一太刀で倒すことが可能だ。

「駄目だ、弱過ぎる」

それから自分と同じレベルの相手を想定して剣を振る。

お互いに剣をぶつけ合い、森の中を駆け巡る。幾度も剣を合わせるが決着が付かない。

それもそうだろう。相手は自分なのだから。

「駄目だ」

もう、想定できる相手がいない。

「……駄目だ」

この森の魔物は、すでに戦い尽くしてしまった。どの魔物も、十匹単位で襲ってきても勝てる自信がある。

この村には他にイメージトレーニングができそうな相手が一人もいない。

唯一、俺よりも強いと思えるのはセシルだけだ。だが、何の予備動作もなしに魔物を細切れにできる魔術師が、そういるとは思えない。

セシルと手合わせできれば、かなりの修業になるだろう。

しかし、セシルは体調を崩している。一緒に修業するなんてことは不可能だろう。

だから、この村にはもう、修業相手になる人間は存在しない。

筋力などの身体能力を鍛えるのであれば、まだやれることはたくさんある。

だが、これ以上剣の腕を伸ばすのは難しいだろう。

テレスがいなくなってから一年と十一ヶ月。

もう少しで、九歳になる。

九歳を目前にして、俺はこの村での修業に限界を感じていた。

◆　◆　◆

今日は俺の九歳の誕生日だ。

もちろん、両親は祝ってくれない。

というか、俺の誕生日だということに気付いてすらいないだろう。

もう何年もそうだから、別にどうとも思わないけどな。

「ウルグ、本当にたくましくなったわね。……ぶっちゃけエロい」

「姉様……」

「腕とか凄いことになってるよ。うおー！　二の腕カッチカチ！」

夜、俺は体調の良くなったセシルの部屋にいた。

セシルが誕生日祝いだと、どこからか仕入れてくれた美味しいご飯を食べてから、こうして二人で過ごしている。

セシルが祝ってくれた。それだけで、救われた気分になる。

「はぁ……はぁ……」

今は抱きつかれ、二の腕を揉まれまくっていた。

しかし、なんつー手つきで弟の体を触っているんだ、この姉は……！

「姉様、勉強は……」

「今日はウルグの世界に記念すべき誕生日なんだから！　勉強はまた明日！　ね？」

セシルに夜の勉強会をお願いして、結構な月日が経った。

剣術や武術、魔術の種類。

亜人《あじん》種について。

冒険者ギルドや迷宮、魔物について。

有名な武器や、有名な実力者について。

この世界の詳しい歴史についてなど、最初はいろいろなことを教わっていた。

それが今ではもうセシルも教えられることがなくなり、勉強会とは名ばかりのセシルとの触れ合いの時間になっていた。

明日は勉強と言っているが、多分明日もこんな感じだろうな。

……まあ、それでいいんだけどさ。

「…………」

セシルは以前と比べて、かなり痩せていた。

最初に見た時は健康的だった肌が、今では青白くなっている。

食欲もなくなってきて、最近は寝ている時間も増えてしまった。

両親は以前からセシルの病状をいろいろな医者に診せているが、治す方法は見つかっていない。

なんでも、セシルの体内にある魔力が暴走してしまっているらしい。

暴走した魔力がセシルの体を蝕《むしば》み、その生命力を少しずつ削り取っている。

激しい運動をしたり、魔術を使用したりすると病状が悪化してしまうだろうと、医者は言っていた。

このような症状は過去に例がなく、医者もまったく手が出せない。

ただ安静にしているしか、対処法がないのだ。

「こしょこしょー」

「ちょ、姉様!」

効果音付きで、セシルがくすぐってくる。

逃げようとするが、抱きしめられているため逃げられない。

今は体調が良いようだ。

「あぁ、ウルグの筋肉最高」

「それ、弟に言う台詞としてどうなんですか」

「最適でしょう！」

「…………」

セシルの言葉じゃないが、たしかに俺の体も少しずつでき上がってきた。

まだ成長段階だから筋トレはほとんど行っていないが、剣を振る上で必要な筋肉はしっかりとついている。全力で戦ってもほとんど息切れしない体力も身についた。

魔力も、一時間以上ぶっとおしで《魔力武装《アーマメント》》をしていてもなんともないくらいにはついた。

セシル曰く、普通の人の二、三倍の魔力があるらしい。

……まあ、《魔力武装《アーマメント》》以外の魔術は使えないんだけどな。

しかし、剣の腕はまだまだだ。この村ではもう、これ以上の成長は望めない。

「姉様」

「んー。なぁに？」

体を弄《いじ》る手を止め、セシルが首を傾ける。

今の修業では剣の腕を鍛えるのに限界がある、どうしたらいいだろう。

そう、セシルに相談した。

「……そっか。そうよね」

少し寂しそうな表情で、セシルが頷いた。

「やっぱり戦う相手がいない状況じゃ、強くなれないか」

「姉様が元気になって戦ってくれれば、全部解決しますよ？」

一度、セシルと全力で戦ってみたい。

どれだけ通じるのか、試してみたいのだ。

……瞬殺されそうな気がしないでもないが。

「だから元気になってください」

「んふふ。ありがと。……けど、やっぱり今のままじゃ、ウルグは満足できないでしょうね」

セシルはベッドから体を起こすと、タンスを指さした。

「あの中に、長細い箱があるわ。ウルグ、持ってきて」

「……？　分かりました」

「重いから気を付けてね」

タンスを開けると、彼女の言う通り、長細い箱が入っていた。

手に持ってみると、ズッシリとした重さが伝わってくる。

かなり重いな。何が入ってるんだ？

「開けてみて」

「はい」

開くと、中には一振りの剣が仕舞われていた。

箱から取り出して、剣をよく見てみる。

手から伝わってくるこの重量は、間違いなく本物の剣だ。

刀身を覆っているのは黒い鞘《さや》だ。先端が金色に塗られているだけで、他には何の飾りもない。

ゆっくりと鞘《さや》から剣を抜いてみた。

「――――ッ」

見た瞬間、胸の奥がゾワリとした。

その剣から、目が離せなくなる。出てきたのは、漆黒の刃だった。

一切の光を放たない夜の闇を想起させる漆黒。剣身はそれほど太くなく、むしろ幅は狭い。しかし真っ直ぐに伸びたその刀身からは、近づいただけで斬れてしまうのではないかと思うほどの禍々《まがまが》しさが感じられた。

「……ん？」

刀身から、かすかに魔力が感じられる。よく見れば、刀身には複数の魔術が封じ込まれていた。

柄は長く作られており、剣身と同じように黒一色だ。刀身と同じように魔術が封じ込まれており、複雑な《魔術刻印》がある。

鍔《つば》は鞘《さや》の先端と同じように、金色に塗られていた。

柄の長さや、刃の狭さから見て、おそらくはバスタードソードと呼ばれるものだと思う。

「これは……魔剣ですか？」

「ええ。よく分かったわね」

――魔剣とは、
《魔術刻印》によって、魔術が封じ込まれた剣のことを指す。

《魔術刻印》とは、道具に魔術を封じ込めているという証だ。

刻印が刻まれた道具は、魔力を流すだけで複雑な魔術の行使を可能とする。

程度の低い刻印が刻まれているだけでも、剣の価値は数倍にまで跳ね上がる。屋敷を買えるレベルの値段の魔剣もあるらしい。

セシルが持っているこの魔剣。これはまさしく、屋敷を買えるレベルの代物だ。

なぜなら、一つ《魔術刻印》があるだけで相当な値打ちになるのに、この剣には複数の刻印がある。

「姉様、これは……」

「これは、私のとっておきの剣よ」

大きな胸を張ってドヤ顔をするセシル。

驚く俺の頭を撫でながら、セシルが言う。

「い、いったいどうやってこんな物を……？」

「昔、いろいろと仕事をしていた時の伝手でね、ある武具屋から買ったのよ」

「買ったって……。お金はあったんですが？」

セシルは「ふふん」と得意気に笑うと、

「その店の店主は私にいろいろと恩があってね、格安で譲ってもらったのよ。まあ、ある程度の貯蓄はあったからそれでね」

恩があるから、格安でって……。

そんな簡単な話じゃないだろ、これ……。

「迷宮都市にある武具店なんだけど、少し前に送ってもらったのよ」

片目を瞑《つぶ》り、いたずらっぽく笑うセシル。

その店主と、いったいどんなやり取りがあったのか。

想像するだけで恐ろしい。

「ウルグはちゃんとした剣がないでしょ？　だから、そろそろ必要になると思って」

「これ……俺にくれるんですか？」

「もちろんよ！　そのためにバドルフに仕入れさせたんだから！」

誰か分からないけど、バドルフさんは大丈夫だったのだろうか。

「ウルグに相応しい剣なんて、世界に数本しかないからね！　私が持ってこれる中でも、最上の剣よ！」

そう言って、セシルはこの剣について教えてくれた。

――銘を『鳴哭《めいこく》』。

コントラ・ゼンファーという有名な鍛冶師によって、鍛たれた剣らしい。

コントラ……。俺でも知ってる世界レベルの鍛冶師だぞ……。

「間違いなく、『名剣』クラスの一振りよ」

名剣とは――世界中の剣士やコレクターが涎《よだれ》を垂らして求める、最上の剣のことを指す。

俺も、何本か名前だけは知っている。

コントラが鍛《う》ったとされる、『虎落笛《もがりぶえ》』。

《剣聖》が使っていると言われる『崩雷《ほうらい》』。

他にも有名な剣士が使っている、『肉斬骨断《ししきりほねだち》』、や『死斬《しきり》』など。

「『鳴哭《めいこく》』は、《剣聖》の使う『崩雷《ほうらい》』にも劣らないわ」

セシルの言葉に、思わず喉が鳴る。

《剣聖》が使う剣と並ぶ一振りが、目の前にあるのだ。

剣士として、胸が躍る。

「こんな凄い剣をもらってもいいいんですか……？」

「……気に入らない？」

気に入らない、わけがない。

しかし……。もう一度、手の中にある『鳴哭《めいこく》』に視線を向ける。

森で使っている片手剣とは、比べるべくもない。

見ているだけで鳥肌が立つような素晴らしい剣だ。

これを、俺に……。

「姉様……」

「九歳のお誕生日、おめでとう。私からの誕生日プレゼントよ。受け取ってもらえるかしら？」

「……はい！」

嬉しい。本当に、嬉しい。

前世では、誰かにプレゼントをもらうなんてことはなかった。

だから、こうして毎年祝ってもらえるのが、本当に幸せだった。

「ねぇざま……ありがどう」

「もう……。去年もその前も、ウルグは毎年泣いてるわね」

泣き虫さんめ、と抱きしめられる。

「そっか……。ウルグが生まれて、もう九年も経ったのね。こんなに大きくなって……」

この世界に来て、九年か。

あっという間だったな。

今度こそ最強になると決めてからは、特に時間の経過が早かった。

まだ、誰かに認めてもらえるだけの強さは手に入っていないけど、少しずつ進んでいる実感がある。

「この剣が、ウルグの助けになることを祈っているわ」

それから、セシルからのこの剣の力を詳しく教わった。

『鳴哭《めいこく》』。本当に凄い剣だ。

聞いてから、ますますそう思った。

説明を聞き終え、試し斬りをしたい気持ちでウズウズしている時だった。

「っごほ、ごほ」

セシルが、嫌な咳をした。

押さえた手にはベッタリと赤い血が付着している。

「ね、姉様!?」

気付けば、セシルの顔は真っ青になっていた。珠のような汗が額に浮かんでいる。

慌てて手ぬぐいと水を持ってくる。

額の汗と手についた血を拭き取り、水を飲ませる。

水を飲んだセシルが噎《む》せたため、落ち着くまで背中を擦った。

「……ごめんね。もう大丈夫だよ」

「すいません、無理させちゃって」

今日はいつもよりも体調が良いように見えたから、無理をさせてしまった。

俺のせいだ。

浮かれて、セシルのことが見えていなかった。

「ううん、気にしないで。こんなのどうってことないし、別に無理なんてしてないよ」

「……いえ。とりあえず、今日はもう部屋に戻ります」

「――やっ」

そう言って離れようとした俺の腕を、セシルが掴んだ。

細く青白い腕には、ほとんど力がなかった。

「……姉様?」

「……ごめんなさい。あのね、ウルグ。お願いなんだけど、今日は私と一緒に寝てくれないかしら?」

「でも、体調が」

「お願い」

腕を握る弱々しい力と、青白い顔を見て、俺は断ることができなかった。

体を起こしたセシルをベッドに寝かせ、剣を箱に仕舞う。

それから部屋の明かりを消して、セシルのベッドに潜った。

「…………」

中に入ると、セシルが抱きついてきた。長い髪から、ふんわりと甘い匂いが漂ってくる。

時折、咳をするセシルの背中を擦る。

「姉様」

「んー？」

「姉様は……、その。俺のこと、好きですか？」

「大好きよ」

その即答が、泣きそうになるくらいに嬉しい。

「……どうして、俺なんかのことを好きになってくれたんですか？」

セシルが、少し悩むように黙った。

「ウルグが、綺麗だったから、かな」

「……綺麗？」

「初めてウルグを見た時に、凄く綺麗で。ウルグの傍に、ずっといたいって思ったの」

綺麗だと褒めてもらえるほど、俺の容姿は整っていない。

「私は……そんなに良い姉じゃないわ」

「そんなことないですよ」

ううん、とセシルが首を振る。

「貴方だから……ウルグだから、私は好きなだけなのよ」

セシルの言葉は、よく分からなかった。

それは、俺個人を認めてくれているということじゃないのだろうか。

分からない。

「俺も……姉様だから、好きですよ?」

「……ありがとう。凄く、嬉しいわ」

少しずつ、目蓋が重くなっていく。

セシルの背中に手を伸ばしたまま、眠りに落ちていく。

「……ウルグ」

完全に目を閉じる寸前、セシルは俺の顔を見ていた。

その時の表情はなぜか、今にも泣きそうな女の子のように見えた。

◆　◆　◆

「……ん」

頭を撫でる感覚で、目を覚ました。

「姉様」

「おはよう。起こしちゃったかしら」

カーテンの隙間から眩《まぶ》しい光が差し込んでいる。

外はだいぶ明るい。どうやら、いつもより長く寝てしまったらしい。

セシルに抱きしめられながら寝たのは、正直心地良かった。

「おはようございます。体調はどうですか？」

「ウルグのお陰で、だいぶ良くなったわ」

昨日と比べて、顔色が良くなっていた。

良かった。大丈夫そうだ。

しかし、セシルの病状は年々悪くなっている。

体内の魔力の暴走、か……。

いったい、どうやったら治すことができるのだろう。

セシルが苦しんでいるのに、何もできないのは嫌だ。

「もうお昼ね。今日も修業に行くの？」

「はい。ご飯を食べて少し休憩したら行こうと思います」

「だったら、『鳴哭《めいこく》』を使って見て欲しいわ」

「分かりました」

正直、うずうずしている。早く使ってみたいな。
「使い心地、後で教えてね？」
「もちろんです」
頷き、ベッドから降りる。
ひとまず、朝食兼昼食を食べに行こう。
健康のために、できればちゃんと三食摂らないといけないんだが、今日は仕方ない。
一階へ行くと、リビングでドッセルが本を読んでいた。
「…………」
会話はない。
顔を洗ってから、朝食を作り、静かに食事を済ます。
パンも嫌いじゃないんだが、米が恋しいな。
そこまで米が好きだったわけじゃないけど、もう十年近く食べていないのだ。
この世界の詳しい食事情は分からないが、今のところ米は見かけていない。
セシルに聞いても、知らないと言われてしまった。
パンや卵、牛乳やチーズなど、知った食べ物はたくさんあるんだけどな。
米だけがどこにもない。
お茶漬けとか、卵かけご飯を食べたいな……。
この世界に米はあるんだろうか。あったら、炊いて食べたい。

セシルにも食べさせてあげたいな。
食事を終え、自分の部屋で少し休憩した後、修業をするために家を出た。
『鳴哭《めいこく》』は箱に入れたまま持ち歩く。
剣を持ったまま歩いていたら目立つからな。
魔剣だと知られたら、家に泥棒が来る可能性もある。
「やっぱ素のままじゃ、さすがに持ちづらいな」
かなり鍛えているとはいえ、所詮は九歳児だ。
手に馴染むとはいえ、こうした持ち方をするのはキツイ。
軽く《魔力武装《アーマメント》》して、箱を抱えたまま、えっちらおっちらと走る。
「ん……」
途中であの三人組が遊んでいるのを見かけた。相変わらず、仲が良いらしい。
「……遠回りしていくか」
あいつらに見つかると、面倒くさいからな。
しかし……彼らを見ると、テレスを思い出す。
はぁ。テレスはどうして来なくなっちゃったんだろうな。
村を探しても、どこにもいなかったし。
そんなことを考えているうちに、森に到着した。

最近、少しずつ魔物の発生量が増えてきている。それに伴って、討伐隊が森に行く回数も増えていた。

俺も、こっそりと魔物狩りに貢献していたりする。

「よし」

誰にも見られていないことを確認し、箱から『鳴哭《めいこく》』を取り出す。

漆黒のバスタードソード。

鞘《さや》から刀身を抜き、正眼で剣を構えてみる。

いつも使っているボロっちい片手剣よりも重い。だが、自然と手に馴染んだ。

持っただけで、凄さが分かる。

雑種《バスタードソード》剣と言うだけあって、この剣の刃は斬ることも突くことも可能のようだ。

それゆえに片手剣とは使い勝手が異なる。

重心の位置が、片手剣とは全然違う。

十全に使いこなせるようになるには、しばらく時間がかかりそうだ。

「刻まれている《魔術刻印》は、確か三つだったな」

この剣には複数の《魔術刻印》がある。

一つ目は《無壊》。

その効果は名前の通り、けっして壊れないというモノだ。

《結界魔術》の一種で、武器の状態を固定しているらしい。

まあ魔術の効果によるモノだから、絶対というわけではないみたいだけどな。超級の魔術を刀身に向けて当てれば、壊せるかもしれない……というレベルだが。

因みに《無壊》の効果がある武器を売れば、数年は楽に暮らせる金額になるらしい。

二つ目は《魔纏《まてん》》。

柄を通して『鳴哭《めいこく》』に魔力を流すことで、剣の威力を倍増するという効果だ。

《魔力付与《エンチャント》》と同じ効果……と思うかもしれないが、厳密には違う。

この《魔纏《まてん》》は、《魔力付与《エンチャント》》よりも優れた魔術だ。

実はこの《魔纏《まてん》》、無限に魔力を吸収することができるのだ。つまり理屈の上では、無限に剣を強化できるということになる。

実際には、流せる魔力に限度があるから無限とはいかないだろうが、それでも破格の能力だろう。魔力だけは人並み以上の俺には、もってこいの能力だ。

三つ目は《滅天《めってん》》。

この《魔術刻印》が刻まれた武器や物は、触れた対象の魔力を消滅させることができる。

つまり、魔術や魔物——体が魔力で構成されている物が斬りやすくなるということだ。

これを聞いた時に、凄まじい効果だと驚いたものだ。

さすがに、触れただけで魔術や魔物そのものを完全に消滅させることはできないが、それでも非常に優れた効果だと思う。

相手がいくら固くても、魔力で構成されているのなら防御力をほぼ無視してダメージを与えられるんだからな。しかも、魔力を流すことで《滅天《めってん》》は効果を増すらしい。

《魔纏《まてん》》と組み合わせれば、魔術や魔物に大して凄まじい効果を発揮するだろう。

かつて『魔神戦争』で英雄の一人が使っていた武器に、同じ効果の剣があったらしい。

本当に、『鳴哭《めいこく》』は凄い剣だな……。

そんな剣を作れたというコントラは、いったい何者なんだろう。

今度、コントラについても調べておこう。

「――ふっ」

『鳴哭《めいこく》』を両手で握り、素振りを行う。

増えた重量、長くなった刀身、片手剣とは異なる重心。

いつもと違う剣に、思うように素振りができない。

何度も何度も振り下ろし、どうやって振ればより良い一振りになるかを考えていく。

振り下ろす。

違う、こうじゃない。

振り下ろす。

違う、遅過ぎる。振り下ろす、違う。振り下ろす、違う。振り下ろす振り下ろす振り下ろす
――。

何百と振り下ろすことで、だんだんとキレのある一振りができるようになってくる。

少しずつ『鳴哭《めいこく》』が上手く扱えるようになって来ていることが実感できて、俺は思わず口元が

緩む。

自分が上達してきていると分かるのはやはり楽しい。

最近は、こうした刺激がなかったからな。

夢中になって、素振りをし続ける。

最高に、楽しかった。


「ふう……腕が重い」

一休憩と息を吐いた頃には、日が傾き掛けていた。

「夢中になり過ぎたな」

全身にほどよい疲労感がある。

はしゃぎ過ぎたな。今日はこれくらいにしておくか。

『鳴哭《めいこく》』を仕舞い、森を出る。

今日はいつもとは違う、別ルートを歩くことにする。

遠回りだが、クールダウンにはちょうどいいだろう。

遠目に見える村を見て、セシルに『鳴哭《めいこく》』の凄さをどう伝えようか考えていた時だった。

「────」

ゾワリと嫌な気配を感じた。反射的に、その場を飛び退く。

直後、さっきまで立っていた場所に衝撃が走った。

飛んできた地面の破片が頭部を掠めていく。
「こいつ……」
視界の先にいたのは、巨大なキノコだった。
《人食茸《マンイーターマッシュルーム》》だ。
それも、かなり大きい。通常サイズよりも、二倍近くある。
どうして、こんなのが近付いているのに気付けなかったんだ。
「……！」
ボコボコと音を立てて、地面からキノコの傘がいくつも突き出てくる。
そこから手足が生え、動き出す。
まさか、これが魔物の発生というやつだろうか。
魔物は魔力の濃い森の奥でしか発生しないはずだ。
何で、こんな所から……。
『ピギイイイ』
生まれたキノコ達が咆哮《ほうこう》する。
クソ、どうなってるんだ？
『ピゴオオオ！』
悠長に考えている暇はないようだな。
大きな個体が咆哮《ほうこう》すると、他のキノコ達が一斉に飛びかかってきた。

「……ふんッ！」

『鳴哭《めいこく》』に魔力を流し、《魔纏《まてん》》によって威力を強化。

同時に魔力を消滅させる《滅天《めってん》》の効力も上昇する。

その状態で、迫るキノコ達へ横薙《な》ぎに剣を振った。

「……！　凄いな」

剣を振り終えた直後、五体を越えるキノコ達の胴体が跡形もなく消滅した。

ドサドサと、絶命したキノコが地に沈む。

以前の片手剣なら、一撃で仕留められても二匹程度までだっただろう。

やはり、この剣は強い……！

『ピゴゴゴオオ！』

仲間を押しのけ、大きな個体が突っ込んできた。

速い。他の個体とは比べ物にならない速度だ。

やはり、こいつは通常とは違うレアな存在らしい。

人一人分はあるであろう傘を、大きく振りかぶる。こんな一撃を喰らえば、大人でもタダでは済まないだろう。

喰らえば、だが。

『ピッ？』

ドシャリ、と胴体を失った巨大な《人食茸《マンイーターマッシュルーム》》が地面に落ちる。

いくら通常個体より速かろうが、大きかろうが、修業を積んだ俺には通じない。
最初に《人　食　茸《マンイーターマッシュルーム》》と戦った時の俺なら、多分殺されていただろうけどな。

それから、その場にいたすべての個体を始末した。
どれも一振りで終わるため、大して苦労はしなかった。
それにしても、なぜこんな浅い所で魔物が出没したのだろう。
もう何年もここで修業しているが、さすがに目の前で魔物の発生は見たことがない。
「……何か、嫌な感じがするな」
そう、呟いた直後だった。
カンカンカンカンカンと、村の方から鐘の音が鳴り響いた。
この鐘の意味を、俺は知っている。
緊急時——主に村に魔物が侵入した時に鳴らされる、警告の鐘だ。
何かが村で起きている。
俺は村の方へ向けて、走りだした。

第十話　襲撃と決意

「なんだ……これは」

私――ドッセル・ヴィザールは村の惨状を見て、小さく呟いた。

村中に、怒声と悲鳴、そして魔物の咆哮《ほうこう》が響き渡っている。

それは突然のできごとだった。

森から溢れ出てきた魔物が、あっという間に村に侵入してきたのだ。

《人食《マンイーター》茸《マッシュルーム》》や《黒犬《ブラックドッグ》》などの見知った魔物、そして見たこともない巨大な魔物。

すぐに討伐隊に参加している者達が動いた。戦えない子供や老人を避難させようと。

しかし、敵は圧倒的だった。

低ランクの冒険者程度の力しかない討伐隊の面々では、魔物を食い止められなかった。

この村近辺に発生する低レベルの魔物を相手にするには彼らでも十分だが、襲い来る魔物の数と強さが、普段とはまるで違っていたのだ。

逃げ惑う者、それを追う魔物、食い止めようと戦う者。

村はあっという間にパニックになった。

「ふぅ……ふぅう！」

私も魔物と戦っていたが、不意を突かれて《黒犬《ブラックドッグ》》に肩の肉を食い千切られてしまった。

討伐隊の中では強い方だと自負しているが、そんな私を以ってしても襲い来る魔物を食い止めることはできなかった。

このままでは村が大変なことになる。すぐに、村の外に助けを呼ばなくてはならない。

「うわあああ！」

「パパ、助けてええ！」

「きゃあああああ！」

すぐ近くで、三人の子供が魔物に襲われているのが見えた。

私は彼らにチラリと視線を向け、すぐに目を逸らした。

自分と、家族……アリネアとセシルの方が大切だ。

他人の子供など、知ったことではない。

……そんな風に、考えていたからだろうか。

『ピゴオオオオ‼』

『オオオオオォォン‼』

目の前に立ち塞がるように、複数の魔物が姿を現した。

《人食茸《マンイーターマッシュルーム》》と、《黒犬《ブラックドッグ》》だ。

通常の個体よりも、遥かに大きな体をしている。

「く……《旋風《ホワールウインド》》‼」

使える魔術を、目の前の魔物に連発する。

しかし、《黒犬《ブラックドッグ》》はそれを軽々と躱《かわ》し、《人食茸《マンイーターマッシュルーム》》は巨大な腕の一振りで《旋風《ホワールウインド》》を消滅させてしまった。

駄目だ、私ではこいつらに敵わない……。

背を向けて逃げようとした直後、背中に衝撃が走った。

《人食茸《マンイーターマッシュルーム》》に殴り付けられたのだ。

「ぐわああ！」

無様に地面を転がり、荒い息を吐く。

すぐ目の前に、魔物が迫っている。

傷のせいでまともに動けず、中級の魔術を使う余裕もない。

他の戦える者は、近くにはいない。それどころか――、

「助けてください！」

「おじさん！」

「嫌だぁ……！」

さっき逃げ惑っていた子供達が、こちらに駆け寄ってきた。後ろから、魔物を引き連れて。

「馬鹿な……」

逃げ場はもうない。足手まといが、自分の周りを囲んでいる。

死が、私の目の前に迫っていた。

「クソ……クソ……！」

なんだ、これは。ふざけるな。

「おのれ……ッ！」

どうしてこうなった、と叫びたくなる。

私は貴族に憧れていた。金持ちで、偉そうで、崇《あが》められている貴族が羨ましかった。

ヴィザール家は貴族だった。もう何百年も前に没落してしまったが、たしかに貴族だったのだ。

両親も昔は貴族へ返り咲くことを目指していたようだが、私の凡夫っぷりを見て諦めてしまったらしい。

平凡な暮らしを受け入れた両親を見て、私は誓ったのだ。自分は、貴族になってみせると。

周りの人間には、お前なんかが貴族になれるか、と笑われたが。

貴族に返り咲く――その夢を笑わず、協力すると言ってくれたアリネアと結婚したところまでは良かった。

それ以降、夢を阻《はば》む問題がいくつも出てきた。

まず、子供が生まれなかった。私もアリネアも、そういう体質だったのだ。

私にもアリネアにも貴族に返り咲けるような功績をあげられる力はなかった。だから、それを成し遂げるための子供が必要だった。風属性の魔術を使える優秀な子供が。

容姿もそれほど良くない私と子を成してくれる者はアリネア以外にはいなかった。

だから、仕方なく養子を取った。女だが、自分を遥かに上回る風属性魔術の使い手であるセシルを。

しかし、孤児院から連れてきたセシルは冷め切っていた。口では何も言わないが、私達の夢などどうでもいいという顔をしていた。

セシルを懐柔《かいじゅう》しようとしたが無駄だった。魔術学園に入学させた後に騎士にして、何か功績を立てさせようと考えていたが、セシルは行きたがらなかったのだ。

何を言っても、「人の多い所は嫌いです」としか返ってこなかった。

どうしたらいい……とセシルに対して頭を抱えてすぐのことだった。

アリネアが子を成した。医者に子を産める可能性は少ないと言われた自分達には奇跡だった。

これでセシルなど用済みだ、と喜んでいられたのも束の間だった。

産まれた子は、よりにもよって黒髪黒目だった。あの、魔神の色だ。

この時点で絶望しかかっていたが、希望はあった。

黒というのは魔神の色――つまり普通ではない。凡夫の自分とは違って、何か大きなことをしてくれるのではないか。そんなふうに、私は期待した。

だというのに、ウルグには属性魔術の適性がなかった。それどころか、《剣聖》になるなどと言い出した。

この段階で、私はウルグへの興味を失った。

当然だ。私達の夢に、あの愚息《ぐそく》は役に立たないのだから。

自分達の産んだ子が駄目なら、セシルに産ませればいい。血が繋がっていないのがネックだが、この際どうでもいい。セシルが産んだ子ならば、優秀な風属性の使い手になる可能性も高いだろう。

病気ではあるが、最悪母体は死んでもいい。子供さえ、産んでくれさえすれば――。

しかし、セシルは私が持って行った縁談を尽く破り捨て、挙句の果てに「ウルグへの対応を改めろ」などと言ってきた。

そんな彼女に腹を立て、焦って――現在に至る。


「どうして、こんなことに」

もう一度、私は小さく呟いた。

すぐ目の前に迫った魔物が大きく腕を振りかぶる。

「きゃあああああ！」

「やだやだやだやだぁ！」

「助けてよお！」

子供達が、やかましく叫んでいる。彼らでは、盾にすらならないだろう。

今の状況では、邪魔でしかない。

次の瞬間に、私は肉塊になっている。

「どうして、こうも上手くいかないんだ……！」

どれもこれも、ウルグのせいだ。

あんな子共を、産みさえしなければ。

そんな思考に至った直後に、魔物の腕が振り下ろされた。

「こんな、最下級の魔物に殺されるなんて……ッ」

目を瞑《つぶ》る。

子供達も、断末魔のような悲鳴を上げた。

「……」

「……あれ？」

「……？」

しかし、いつまで経っても衝撃はなかった。

すぐ近くで、子供達の息遣いが聞こえる。

「何が……？」

そう、呟いた視線の先——。

「——大丈夫ですか、父さん」

こちらを見る黒髪黒目の少年。

憎くて堪らない、息子《ウルグ》の姿があった。

◆ ◆ ◆

《魔力武装《アーマメント》》の出力を高め、村へ急ぐ。

いつもより遠回りの道だが、全力で走れば誤差のようなものだ。

近付くにつれて、村の様子が見えてきた。

村の人が、魔物と戦っている。

やはり鐘の原因は、魔物による襲撃らしい。

すでに、鐘は止んでいる。

「クソ……！」

村が襲われているということは、セシルにも危険が迫っているということだ。

今のセシルの体力では、自力で逃げ出すのは無理だろう。

ドッセルやアリネアは、セシルを連れて逃げてくれただろうか。

「うわあああ！」

悲鳴が聞こえる。遠目に、魔物と戦っていた人が追いつめられるのが見えた。

セシルを助けに行きたいが……。

「……チッ」

全速力で、村の中へと飛び込む。

見える範囲で、魔物の数は十を優に越えている。

討伐隊のメンバーであろう男達は、数に押されて追い詰められている。

傷も負っているようだ。このままでは、長くは保たないだろう。

「く、来るなぁ……！」

《黒犬《ブラックドッグ》》が、武器を失って立ち尽くす男に飛び掛かるのが見えた。

他の大人には、彼を助けている余裕はない。

「――はァあぁぁ‼」

地面を蹴り、一直線に跳ぶ。

《黒犬《ブラックドッグ》》が男に噛みつく直前、背後から接近し、『鳴哭《めいこく》』で両断した。

「た……助かったよ。あんたは……⁉」

俺を見て、男が奇妙な声をあげる。

だが、それに反応している余裕はなかった。周囲には、まだ襲われている人がたくさんいたからだ。

「……助けるんだ」

『人を助けることは、自分を助けることだ』

二年前に聞いたテレスの言葉を胸に、人を襲おうとしている魔物へ向かう。

巨大化した《黒犬《ブラックドッグ》》や《人食茸《マンイーターマッシュルーム》》、それ以外の魔物も等しく一刀の下に斬り伏せていく。

セシルのくれた『鳴哭《めいこく》』のお陰だ。この剣のお陰で、格段に戦いやすくなっている。なにせ、一撃当てるだけでほぼ確実に相手を殺せるのだから。

「助けてくれ……！」

すぐ近くで悲鳴が聞こえた。

巨大なイノシシ――《巨猪《ジャイアントボア》》の群れに、逃げ遅れた人達が襲われている。

《巨猪《ジャイアントボア》》は、この周囲で出る魔物の中で最も強い。

巨大な体から繰り出される突進は、かなりの威力を持っている。

めったに出没することのない魔物だ。

「おぉおおッ‼」

鋭く踏み込み、魔力を乗せた一撃を叩き込む。

『ギッ⁉』

この辺りで強い魔物だろうが大きかろうが、関係ない。

他の魔物と同じように、《巨猪《ジャイアントボア》》は一刀で沈んだ。

体が魔力でできているだけあって、やはり《滅天《めつてん》》の効力は絶大だ。

『ギイイイ‼』

仲間がやられたことで、標的が俺へと変わった。

十匹近くの《巨猪《ジャイアントボア》》と、周囲にいた魔物たちが一斉に襲い掛かってきた。

「危ない……！」

先ほどまで襲われていた人の中から、悲鳴が上がるのが聞こえた。

しかし、問題はない。

「――っと」

突っ込んできた《巨猪《ジャイアントボア》》の軌道からわずかに外れた位置に跳び、通りすぎざまに斬り付ける。

こいつの動きは直線的で分かりやすい。

速くて大きいが、冷静に見ていれば躱《かわ》すのは容易だ。

他の魔物にも同じことが言える。大きくなり、身体能力が上がっているようだが、元の魔物が弱過ぎる。速くなっても、簡単に対処が可能だ。

回避と攻撃を繰り返し、集まってきた魔物を一掃した。

まだ遠くで音が聞こえている。魔物は村の奥の方にも行ってしまったのだろう。

……セシルが危ない。

「………」

襲われかけていた人達が呆然とした表情で見ていた。

「大丈夫ですか？」

一応、声を掛けてみる。

「……っ」

なぜか、怯えた表情をされた。

「……？」

なんだ……？

魔物から助けたのに、どうしてこんな表情をされるんだ？

「……ひとまず、安全な所に避難してください。俺は他の人を助けに行きます」

……それより今は、セシルだ。

その場にいる人にそう声を掛けて、俺は家の方へ向かって走りだした。


俺の家は、村の奥にある。

この村の中では大きな方で、広めの土地を所有していた。

そのせいで、家に向かう間に数十匹もの魔物に遭遇した。

逃げ遅れて、襲われている人も多かった。

……犠牲者も出てしまっているようだ。

この村の討伐隊のメンバーは、そこまで強くない。徒党を組んで、ようやく《巨猪《ジャイアントボア》》を倒せるというレベルだ。

大量の魔物の襲撃には、対処し切れなかったのだろう。

「……別ルートを使って、正解だったかもな」

魔物は、俺がいた森から村へやってきていた。遠回りするルートを使っていなければ、大量の魔物とぶつかっていたかもしれない。

修業している間に魔物に襲われなかったのは幸運だった。

「……！」

角を曲がると、《人食茸《マンイーターマッシュルーム》》の群れがいた。

さっきから同じ魔物が固まっているのを見ると、群れで行動しているようだ。

群れの中に、倒れている女性がいた。

キノコどもによって、殴り倒されたらしい。

「……邪魔だ」

群れに突っ込み、キノコ達を薙《な》ぎ倒していく。

囲まれていた女性を救出し、すぐにその場を離れる。

「大丈夫ですか⁉」

どうやら息はあるようだ。呼びかけながら、軽く頬を叩く。

「う……」

女性はすぐに目を覚ました。

「良かった……。すぐに、ここから避難して……」

「ひっ」

直後、悲鳴をあげた女性に突き飛ばされた。

女性は、脇目も振らず走り去っていった。

「何なんだよ……」

魔物に襲われて、錯乱《さくらん》していたのだろうか。

「ぐわああ‼」

女性が逃げていった反対方向から、聞き慣れた声がした。

振り向けば、ドッセルとあの三人組が魔物に襲われていた。

「――ッ」

正直に言って、ドッセルも三人組も好きではない。

それでも助けなければ、という意思が勝ったらしい。反射的に、走りだしていた。

腕を振り下ろそうとする《人食茸》《マンイーターマッシュルーム》を斬り伏せ、すぐに周囲にいた魔物を葬る。

幸い、大した数ではなかった。

「大丈夫ですか、父さん」

尻もちを突いて、震えていたドッセルに声を掛けた。

「お、お前は……」

呆然としたように、ドッセルがこちらを見る。

三人組も、ギョッとした表情を向けてきた。

「逃げられますか？　あっちは安全なはずです」

俺が通ってきた通路を指差す。

完全に殺し尽くせたわけではないだろうが、それでもここにいるよりは安全だろう。

「……父さん？」

「………………」

「そうだ。姉様と母さんは今どこに？」

黙っていたドッセルが、ようやく口を開いた。

「……た、多分、まだ家だろう」

最悪だ。嫌な予感が当たってしまった。

ドッセルも討伐隊の一員だ。二人を家に置いて、他のメンバーと一緒に魔物と戦いに来たのだろう。

「父さんはそこの三人を連れて逃げてください。俺は姉様と母さんを助けに――」

少し遠くで、ズンと音がした。

それが連続し、少しずつこちらに近づいてくる。

「な、なんだ⁉」

通りの角から、それは姿を現した。

「な……」

それは、鶏に酷似した鳥だった。

黄色い瞳に、白い嘴《くちばし》、青や赤の入り混じった羽毛、頭部に生えた紫色の鶏冠《とさか》。

元の世界と違う所があるとすれば、その大きさと胴の左右から二本の腕が生えていることだろう。

その鶏は、《巨猪《ジャイアントボア》》など話にならないレベルの巨体を持っていた。

「ば、馬鹿な……。なぜ《大風鳥《ガルーダ》》がここにいる⁉」

あの鶏は、ガルーダというらしい。

村の近辺に出る魔物はすべて把握している。しかし、こんな鶏の話は聞いたことがない。

ドッセルの反応からしても、この辺の魔物ではなさそうだ。

『クエエエエエエ‼』

ガルーダが、こちらに気付いた。
けたたましい鳴き声を上げると、全身を揺らしながらこちらに向かってくる。
こいつは、ヤバイ。
大きさや威容からして、明らかに他の魔物とは違う。
おそらくはボス級の個体だろう。
セシルのもとに向かわなきゃならないってのに……！
「ひ、ひぃぃ……！」
チラリ、と後ろに視線を向ける。
ドッセルと三人組は、ガルーダを見てガタガタと震えている。
駄目だ。この様子じゃ、ガルーダからは逃げられないだろう。
というか、俺がここを離れたら、ガルーダを相手にできる人間が他にいるのか……？
……あの鶏は、俺が倒していくしかないか。
「……離れていてください」
ドッセル達にそう告げて、ガルーダに向かって走る。
巨大な魔物との、戦いが始まった。

第十一話　お姉ちゃんだから

ガルーダが動く度、地面が小さく揺れる。

ここまで巨大な魔物を相手にするのは初めてだ。

『クエエエエ』

「……！」

咆哮《ほうこう》とともに、ガルーダが攻撃を仕掛けてきた。

両脇から生えた巨大な二本の腕、鋭い鉤爪《かぎつめ》のあるそれを交互に振り下ろしてくる。

速い……が。

「はッ！」

右腕を回避した直後に振り下ろされる左腕。そこを鋭く斬り付けた。

「……くっ」

刃が命中したのは鉤爪《かぎつめ》部分だった。

四本ある鉤爪《かぎつめ》のうちの二本を斬り落としたが、途中で止まってしまった。

この鉤爪《かぎつめ》、相当硬いらしい。

しかし、こちらの攻撃は通った。一番硬いであろう鉤爪《かぎつめ》を斬り落とせたのだから、他の部位は問題なく斬れるはずだ。

『クエエエエエ‼』
一際甲高《かんだか》い鳴き声をあげると、ガルーダの動きが加速した。
鉤爪《かぎつめ》を失ったのも構わず、こちらを掴もうと両腕を伸ばしてくる。
バックステップで回避し、前に踏み込んで再度腕を斬り付けようとして――
「……うお！」
ガルーダの顔が降ってきた。
厳密には、鋭い嘴《くちばし》の先だ。
すんでの所で踏みとどまり、嘴《くちばし》を回避する。
地面に嘴《くちばし》をめり込ませたガルーダの双眸《そうぼう》が、ギョロリと俺を捉えた。
――何か来る。
そう確信した直後、ヒュンと風切り音が聞こえた。
「なんだ……？」
ガルーダの後方から、鞭《むち》のようなモノが飛来した。
反射的に『鳴哭《めいこく》』で鞭《むち》を迎え撃った。
「……な⁉」
直後、その鞭《むち》が三本に分裂した。
正面から向かってきていた一本は、《滅天《めってん》》の力で容易く切断できた。
残りの二本も、ギリギリのところで回避する。

「……尻尾《しっぽ》か」

ガルーダの臀部《でんぶ》から、青紫の尾が生えているのが見えた。

その尻をガルーダは鞭《むち》のように振っている。さっきの攻撃はこれだろう。

両腕からの嘴《くちばし》。それを躱《かわ》した先へ、あの尾による追撃。

《人食茸《マンイーターマッシュルーム》》達のような、ただ力任せによる攻撃ではない。ガルーダの攻撃には、敵を追い詰めるための『技』があった。

「……厄介だな」

しかし、斬れば殺せるというのは変わらない。

こいつの攻撃はだいたい見切った。

受けの姿勢から、攻めの姿勢へ切り替える。

『キェエエ――――！』

鳴き声とともに、ガルーダが腕を振り上げる。

「――――！」

地面を踏み抜き、跳躍。

ガルーダの攻撃よりも早く、その懐へ潜り込んだ。

――もらった。

カラフルな羽毛に覆われた、柔らかそうな腹部。無防備なそこへ、『鳴哭《めいこく》』を振り上げた。

「……………！」

肉を裂く感覚はなかった。剣から伝わってくるのは空を斬る感覚のみ。
ガルーダがその巨体に見合わぬ敏捷《びんしょう》さで、こちらの攻撃を回避していた。
やはり、並みの魔物とは格が違う。
しかし。
「お前に割いている時間は、ないんだよ……ッ！」
『クエエエエ⁉』
ガルーダが鳴き、尾を振り回し始めた。
ヒュンヒュンと風切り音を連続させ、鞭《むち》のように尾を振り下ろしてくる。
「────」
戦いの基本は、相手の動きを見ることだ。
迫る鞭《むち》の軌道を見極め、その上で対処する。
それをできるように、ここまで修業してきたんだ。
「……‼」
下がるのではなく、ガルーダに向かって突っ込む。
鍛えた体捌《さば》きを駆使して、最低限の動きで尾を回避する。
躱《かわ》し切れない尾は、『鳴哭《めいこく》』を使って斬り落とした。
『────⁉』
尾を突破され、驚きにガルーダが目を見開く。

再び距離を取ろうとし始めるが、

「逃がすか……！」

地面を強く踏みしめ、一直線にガルーダへと突っ込む。

間合いを詰め、下から剣を斬り上げた。

『――――！』

ガルーダが、慌てて両腕を振り下ろしてきた。

斬り上げは、両腕の鉤爪《かぎつめ》で受け止められる。

「おぉおおお！」

『クエエエ⁉』

漆黒の刃が、鉤爪《かぎつめ》ごとガルーダの両腕を大きく斬り裂いた。

悲鳴を上げ、ガルーダが仰け反る。その隙を、見逃さない。

返す刃を、がら空きになった腹部へと打ち込んだ。

『カ――』

引き攣《つ》ったような声を漏らした直後、ガルーダの腹部からどす黒い血が噴出した。

その巨体がグラリとよろめき、次いで力を失って地面に倒れ込む。

「ふぅ……はぁ……」

ガルーダはピクリとも動かない。

腹部を大きく斬り裂かれ、絶命していた。

「……勝った」

この化物に、勝利した。

村の皆が手も出ないような、強大な魔物に、たった一人で。

「よし……！」

修業の成果を強く感じ、拳を握りしめる。

だが、喜んではいられない。

まだ、村には魔物がいるはずだ。こうしている間にも、襲われている人がいるかもしれない。

そう、気を引き締めた直後だった。

不意に、周囲が暗くなった。まるで、太陽が雲に覆われたかのように。

ゾクリ、と背筋に冷たいモノが走る。

「――――」

影の範囲の外へ逃げようとした直後。

空から、何かが連続して降って来た。

「……ッ⁉」

落下の衝撃に、バランスを崩して地面を転がる。

「な……ん」

膝をつきながら、顔をあげて驚愕した。

落下してきた者の正体。それは――。

『クエエエエ』
『カァアアア』
『クォオオオ』
三匹の、ガルーダだった。

◆◆◆

三匹のガルーダが、つんざくような鳴き声を響かせる。
無機質な六つの眼球が、ギョロリと俺を見下ろしていた。
……最悪の状況だ。一匹でも苦戦した相手が、同時に三匹もなんて。
『クォオオオッ！』
咆哮《ほうこう》と同時に、三匹のガルーダが動き始めた。
「三匹同時が無理なら、一匹ずつ倒していけば……！」
各個撃破していけば、まだどうにかなる。
しかし、ガルーダはこちらの意図を読んだかのような動きをした。
三方向に分かれ、まるで囲むような陣形を取ってくる。
そこから、それぞれの方向から連続で攻撃を仕掛けてきた。
「く……」
二本の腕を使ったシンプルな攻撃。それを三匹が同時に繰り出してくる。

驚かされたのは、三匹の息のあった動きだった。

「魔物が、連携だと……ッ」

それぞれがお互いの隙を埋めあい、俺に反撃を許さない。

防御をする余裕すらなく、ただひたすらに回避することしかできなかった。

『カァァアア』

「……ッ！」

尾が三方向から落ちてきた。さらにそれぞれが三本に分裂し、計九本もの鞭《むち》となる。

無理だ、躱《かわ》し切れない。すぐにそう判断した。

《魔力武装《アーマメント》》を全開にして、防御態勢を取る。

「ごっ……は」

魔力の防御の上から、容赦なく尾が叩き付けられた。

視界が一瞬白く染まり、同時に呼吸が止まる。

打ち据えられた衝撃を受け、体が宙に浮いていた。

十数メートル近く吹き飛び、ゴロゴロと地面を転がってようやく動きを止めた。

「が……はぁ……はぁ」

クソ、これじゃ各個撃破なんて不可能だ。

一匹一匹の動きはさっき倒した個体と変わらない。だが、三匹が連携して動くことで、かなりの厄介さになっていた。

……不味《まず》いな。

一匹だけならともかく、三匹同時は手に余る。俺一人では対処し切れない。

俺の目的は村の人とセシルを助けることだ。この三匹を絶対に倒さなければならないわけではない。

ここはいったん引いて、セシルの避難を優先して――。

『――――』

三匹のガルーダの胸部が、同時に大きく膨らんだ。

「なんだ……？」

風船のように、大きく膨張していく。

嫌な予感がする。

急いで立ち上がり、バックステップで距離を取る。

直後、三匹が大きな体を後ろに反らし、嘴《くちばし》を大きく開いた。

……何かが来る。

『――――ッ‼』

ガルーダ達の嘴《くちばし》から、凄まじい息が吹き出した。

それも、ただの息ではない。魔力を大量に含んだ息――風属性魔術のブレスだ。

聞いたことがある。強い魔物は、人間と同じように魔術を使用してくることがあると。

「ッ」

ブレスはまっすぐ、こちらに向かってきた。

地面を抉り、周囲の作物が巻き上げられ、近くにあった家が崩壊する。

三匹のブレスが合わさって、膨大《ぼうだい》な魔力の塊と化していた。

《滅天《めってん》》を使っても、受け止めきれるか分からない。

幸い、ブレスの軌道は直線で分かりやすい。今の距離からならば、ギリギリ回避できる。

そう判断し、チラリと後方を確認した。

「な――」

ブレスの直線上、俺の後方に人の姿があった。

ドッセル達だ。

傷を負っているせいか、退避が間に合わなかったのか。

しかも、ドッセル達を助けようとしているのか、数人の村人の姿もある。

「う、うわあああああああ!?」

「なんだあれは……!?」

「ひいぃぃいいいい」

悲鳴を上げる村人達が、このブレスに対処できるとは思えない。

このままでは、逃げきれずに直撃してしまうだろう。

「どうする……」

《滅天《めってん》》で受け止めきれるのか？

仮にできたとしても、無傷ではすまないだろう。
しかし、回避するということは、ドッセル達を見殺しにするということになる。
——『人を助けることは、自分を助けることだ』
「……ちくしょうッ」
回避動作をやめ、ブレスの直線上に留まった。
呼吸を整え、迫り来るブレスに向かって構える。
構えは上段。使える技の中で、最も高威力のものを選んだ。
絶心流の型の一つでもある。
柄を通して、『鳴哭《めいこく》』へあらん限りの魔力を注ぎ込む。
漆黒の刀身がより深く、より暗い色を放つ。
急激な魔力の消費に意識が揺れるが、歯を食いしばって堪えた。
「お——おぉおおおおッ‼」
吹き荒れる魔力の塊に向けて、上段から『鳴哭《めいこく》』を振り下ろした。
漆黒の光とブレスが、衝突する。
《滅天《めってん》》の力が風の魔力を消滅させていく。
だが——、
「く……ッ」
押し負けた。こちらの一閃《いっせん》はブレスの威力を大幅に削ったが、消滅には至らなかった。

持てる最大の一撃を放ってなお、三匹のブレスには届かなかったのだ。

ブレスに飲み込まれ、再び地面を転がる。

「が……っ、ばっ」

何度もバウンドし、全身を強く打ち付け、ようやく止まった。

魔力の消耗と打ち付けた全身の痛みで、意識が朦朧《もうろう》としてくる。

「……良かった」

ブレスはドッセル達には届かなかった。俺と周囲を吹き飛ばしただけで消滅したのだ。

そう、安堵《あんど》したのも束の間だった。

「……がッ」

伸びてきたガルーダの右腕に、ガッチリと体を掴まれた。

見れば、三匹のうちの一匹が目の前までやってきていた。

残りの二匹は、興味を失ったというようにこちらに背を向け、村の奥の方へ進んでいく。

「待……ぐっ」

指代わりの鉤爪《かぎつめ》が、俺を押し潰そうとする。

ギリギリと、万力のような力が全身に掛かる。

トマトのように潰されなかったのは、《魔力武装《アーマメント》》で必死に抵抗しているからだ。

しかし――。

「ぐ……ぁ、はっ」

いつまで耐えられるか分からない。

腹が押さえつけられて、内臓が口から飛び出そうだ。

段々、呼吸ができなくなってきた。

「はっ……ぁ」

ガルーダの双眸《そうぼう》が、狡猾《こうかつ》な笑みの形に歪んでいる。

不味《まず》い。このままでは、握りつぶされて死ぬ。

脳に酸素が行っていないのが分かる。意識を失うのは時間の問題だ。

気絶すれば、《魔力武装《アーマメント》》は解除されるだろう。そうなったらおしまいだ。

「ぁ……は、っ」

少し離れた所に、ドッセル達がいる。その周囲には、他の大人も。

そうだ。確か、ドッセルは中級までの風属性魔術が使えるんだ。《風刃《ゲイルスラッシュ》》なら、無防備なガルーダにダメージを与えられるはずだ。

「と……父さんっ。た、……助け」

「……」

声を絞り出し、助けを呼んだ。

ドッセルは動かない。こちらを見て、固まっている。

「と……」

「お前が生まれてから、不幸続きだった」

「ご……ふっ。とう、さん……？」

「ウルグッ！　お前が、お前のせいで、この村は襲われたんだ！」

は……？

ドッセルは何を言ってるんだ？　俺のせい？

「お前が生まれてから、魔物の数が増えた。全部、お前のせいだ！」

「な、にを……」

「その髪と目が何よりの証拠だ！　魔神と同じ黒など……貴様は、私の子などではない！　疫病神め‼」

吐き捨てるようにそう言って、ドッセルが俺に背を向けた。

肩を押さえたまま、ノロノロと去っていく。

「………」

さっき助けた三人組や、他の大人達が俺を見る。

どこか怯えたような、忌むような、そんな目付きをして、

「……急いで避難しよう。あんな魔物はどうしようもない」

「今のうちに逃げるんだ」

俺を見捨て、ドッセルと同じように去っていった。

「………ぁ」

なんだ、これは。訳が分からない。

俺は何もしてない。みんなを助けただけなのに。

俺はまた、認めてもらえなかったのか……？

髪が黒いから？　目が黒いから？　もっと早く駆けつけて、助けられなかったから？　こんな鶏に、負けているから？

俺が、弱いから――。

『クエェ』

ギリギリと体が絞まる。息ができない。

「……か」

死が近づいてきているのが分かった。

嫌だ。まだ俺は、何もできていないのに。

「……たまるか」

まだ認めてもらえてない。まだ最強になってないのに――、

「死んでぇ……たまるかッ……！」

限界を越えた魔力を身に纏《まと》う。

ギシギシと骨が軋《きし》む。筋肉が悲鳴をあげる。

知ったものか、そんなこと。

「があァあああ‼」

万力のように締め付けていた鉤爪《かぎつめ》に、わずかなスペースが開いた。

ほんの少しだけ、手足が自由になる。
それで、十分だ。
《滅天《めってん》》を発動した刃が、内側から鉤爪《かぎつめ》を切断する。
押さえつけているすべての鉤爪《かぎつめ》が、ズルリと地面に落ちた。
これで自由になった。
『――――!』
驚愕の悲鳴をあげるガルーダに向けて、落下と同時に一閃《いっせん》。
ズシンと音を立てて、ガルーダの右腕が地面に落ちた。
『クエエ⁉』
腕の断面から、血が吹き出す。
絶叫し、全身をバタつかせるガルーダ。
「あああああァあああ‼」
酸素不足で朦朧《もうろう》とした頭のまま絶叫し、ガルーダを斬り付けた。
一撃目で片足を切断し、二撃目で落ちてきた腹部を斬り裂き、三撃目で首を切断する。
雨のように黒い血が降り注ぐ。
「ごほっ……。はぁ、はぁ……」
二匹目を殺した。あと二匹。逃げたあいつらを、すぐに追わなくてはならない。
あいつらが向かった方向には、俺達の家がある。

最近、セシルは寝たきりだった。もしかしたら、まだ避難できてないかもしれない。

「はぁ……はぁ……」

息が荒い。体も重い。魔力を使い過ぎたのか、全身を倦怠感《けんたいかん》が襲っている。

打ち付けた全身や、押さえつけられていた腹部が鈍い痛みを発している。

もしかしたら、骨の何本かが折れたのかもしれない。

それでも、休んでいる暇はない。

セシルの無事を確認するまでは。

◆　◆　◆

「……はぁ、はぁ……！」

フラつく体のまま、村の奥へと進む。

魔物に襲われ、倒れている人が何人もいた。……間に合わなかった。

助けられなかった。

「……う」

吐きそうになった。

魔物を殺しても、不思議と忌避感はなかった。その血を浴びても、汚れちまった、くらいにしか思わなかった。

しかし、これは駄目だ。人の死体は、駄目だ。

知り合いというわけではないが……心に来る。

「――――」

《黒犬《ブラックドツグ》》が、死肉を貪《むさぼ》っていた。

八つ当たりをするように、《黒犬《ブラックドツグ》》を蹴散らす。

蠢《うごめ》いている《人食茸《マンイーターマッシュルーム》》を潰し、道を塞ぐ《巨猪《ジャイアントボア》》を両断する。

あの鶏と比べれば、まったくもって大したことはなかった。

通り道にいる個体を、片っ端から斬っていく。

そして、

「……！」

前方に、ガルーダの姿があった。獲物を探して、キョロキョロと首を動かしている。

避難が進んだのか、周囲に人はいない。

家は無事だった。魔物に襲われた様子もない。

避難はできたのだろうか。おそらく、家に残っていたのはアリネアとセシルだけだろう。

アリネア一人で、セシルを連れて逃げられたのか……？

『クォオオオ！』

『カァアアアア‼』

見つからない獲物に苛立ったのか、ガルーダが鳴き叫ぶ。

ズンズンと地団駄を踏み、体を震わせている。

ここは、いったん様子を見よう。あいつらがここを去ってから、家の中に入ってセシル達の安否を確認すればいい。すでに村の外に避難しているんだったら、それはそれでいい。

息を潜め、ガルーダの動向を見守る。

獲物がいないと悟ったのか、ガルーダ達が移動を始めようとした。

その時だ。

「何が起きてんのよ……！　セシル、外の様子を見て来なさい！」

「な……⁉」

家の方から、アリネアのキンキン声が聞こえてきた。

窓でも開いているのか、外に声が丸聞こえだ。

移動しようとしていたガルーダ達がピタリと動きを止めた。

「……ああもう、役に立たないわね！」

ガチャリ、と扉が開く。

「ドッセルは何をやってんのよ！　もうこれ以上待てない……わ」

中から、アリネアが出てきた。

外にいる二匹のガルーダを見て、アリネアの顔が引き攣《つ》る。

「ひっ……いやぁああああ‼」

悲鳴をあげ、アリネアが家から飛び出した。

……馬鹿な。何をしてるんだ⁉

『クォオオ‼』
興奮したようにガルーダが鳴き、アリネアを追おうとして。
『――クォ？』
家の前で、ピタリと動きを止めた。立ち止まって、ジッと家を凝視する。
何だ……？
『クォオオオ』
『カァァアア』
次の瞬間、獲物を見つけたかのように、二匹が咆哮《ほうこう》した。
体を揺らしながら、真っ直ぐ家の方へ進んでいく。
待て。さっきアリネアはセシルの名前を呼んでいなかったか？
つまり、中にはまだ、セシルが取り残されていることになる。
消耗しきった俺では、あの二匹は倒せないだろう。
それでも、
「――ッ‼」
セシルを見捨てるという選択肢など、最初からない。
建物の陰から飛び出し、ガルーダの背後から奇襲を仕掛けた。
『クオオオ！』
「く――」

刃は軽くガルーダの肉を斬っただけだった。致命傷からはほど遠い。
『カァアオオ』
『クルァアア』
しかし、二匹の注意はこちらに向いた。
一度、こいつらを引きつけてここから逃げよう。
遠回りして戻ってきて、それからセシルを救出すればいい。
正面から、こいつらを相手にする必要などない。
そう、頭で分かっていても――、
「が、は……ッ」
連携の取れた二匹の攻撃を受け、吹き飛ばされる。
消耗しきった今の俺では、逃げることすらかなわない。
《魔力武装《アーマメント》》で防御しても、全身がバラバラになるほどの衝撃が走る。
すでに、魔力が尽きかけている。これ以上、攻撃は受け止めきれないだろう。
もう、立っていることすら辛い。
「ご、ぼ……」
内臓にダメージが来たのか、呼吸と同時に口から血が零れた。
鉄の味が広がる。
足が震え、意識もすでに朦朧《もうろう》としている。

駄目だ。まだ倒れられない。
どうにかして、こいつらを家から遠くへ離さないと。
『────』
二匹のガルーダの胸が膨張する。
この動作は少し前に見たばかりだ。ブレスが来る。
あのブレスは直線上に進む魔力の塊だ。どうすれば回避できるかは分かる。
「……ッ」
体が動かない。電池が切れたかのようだ。
勝手に《魔力武装《アーマメント》》が解除された。全身が力を失い、膝から地面に崩れ落ちる。
魔力切れ。最悪のタイミングだ。
「う……ぁ」
もう、指すら動かない。
駄目だ、躱《かわ》せない。
『────ッ‼』
ブレスが放たれた。
地面を抉りながら、一直線に向かってくる。
回避する術はない。
死ねない。負けられない。

まだ、やるべきことがあるのに。

動けない。

「姉様……！」

最後にそう叫び、俺は目を瞑《つぶ》った。


「――――――――――――――――――――――――――――――――」


風が吹いた。

迫っていたブレスの音は聞こえない。衝撃もない。

……俺は、死んだのか？

ゆっくりと、目蓋を開く。

「――――」

目の前に人が立っていた。

それは、青かった。腰まで伸びた青い髪が、風に揺れている。

ゆっくりと、振り返ったのは。

「姉、様……」

サファイアのような、濃い青色の瞳。

優しい微笑みを浮かべた、セシルが立っていた。

「頑張ったわね」

この場にそぐわない、心の底から落ち着くような、穏やかな声音だった。

『カァアアア‼』

ガルーアが突然、咆哮《ほうこう》する。

苛立ったように叫び、再びブレスを放とうと胸部を膨張させ始めた。

あの強烈なブレスが来る。

「ね……えさま。早く、逃げて……」

セシルは、静かに首を振った。そして、手を前にかざした。

魔術を使う気だ。

駄目だ。そんなことをしたら、病気が悪化してしまう。

「どう、して……」

セシルは前を見据えながら、言った。

「──弟を守るのは、お姉ちゃんの役目だからよ」

ブレスが放たれる。

二つのブレスが合わさり、巨大な一つの塊となって押し寄せた。

「──消えなさい」

セシルが、腕を振った。

「────」

一瞬、世界から音が消えた。
遅れを取り戻すような轟音と、凄まじい風が吹き荒ぶ。
ブレスは消滅し、その先にいた二匹のガルーダは切断されていた。
「もう、大丈夫だからね」
セシルに頭を撫でられる。
それだけを確認すると、俺の意識は急速に沈んでいった。

第十二話「――愛してるわ」

魔物の襲撃から五日が経過した。

あれから数時間後、村に応援が駆けつけた。アルナード家の領主の兵士達だ。

村に残っていた魔物はそれほど多くなく、駆けつけた兵士達によってあっという間に処分された。

ガルーダは、あの四匹だけだったらしい。

襲撃による被害は少なくなかった。討伐隊の者、逃げ遅れた子供や老人など、何人もの人が犠牲になった。壊れた家や、駄目になった畑もある。

それでも、あれから五日。兵士や領主の協力のお陰で死体などは片付けられ、村は一応の平穏を取り戻しつつあった。

「姉様。体調はどうですか？」

「うん……。今日は、いい感じかな」

ベッドで横になるセシルの顔は白かった。そんな顔で、セシルは大丈夫だよと微笑んでくる。

ガルーダとの戦闘から、セシルの病状は悪化の一途を辿っていた。全身の魔力が激しく暴走し、体内を大きく傷付けている。

手の施しようがない。

……俺のせいだ。


ガルーダを倒した後、セシルは俺を安全な所まで運んでくれた。

そこで、全身に傷を負った俺を、応援にやってきた治癒魔術師に治療してもらったらしい。

それからすぐにセシル自身も高熱を出し、数日の間、眠り続けた。目を覚ましたのは、村の後片付けが終わった昨日のことだ。

俺を守るために、セシルに魔術を使わせてしまった。彼女が苦しんでいるのは俺のせいだ。

「――なーんて、考えてないわよね？」

「あう」

ベッドのセシルに指で頬を突かれた。

「何するんですか。……だって、本当の」

「違うわよ」

キッパリと、セシルは言った。

「私がやりたくてやったことなんだから。ウルグに責任なんてないわ」

「姉様……」

違う。俺がもっと強ければあんなことにはならなかった。

他の人に認めてもらえていれば、協力して戦えたかもしれなかった。

……やっぱり、俺のせいだ。

「そんなことより、ウルグは私に話すことがあるでしょ！」

「話すこと……ですか？」

「そう！　ほら、『鳴哭《めいこく》』の使い心地よ」

そういえば、セシルに『鳴哭《めいこく》』をもらって、感想も言えずにそのままだったな。

「本当に、良い剣でした」

セシルがくれなければ、ガルーダには勝てなかっただろう。

「ちょうどいい重さ、長さで振りやすかったですし、《魔術刻印》の効果は絶大でした。あれがなければ、俺は死んでいたと思います」

三匹同時のブレスで殺されていたはずだ。

あれを凌《しの》げたのは、間違いなく『鳴哭《めいこく》』のお陰だ。

「最高の剣を、ありがとうございました」

「気に入ってもらえたようね。良かったわ。感謝の気持ちを込めて、私の胸に飛び込んでおいで！」

「それは嫌です」

「……このぉ！」

セシルに掴まれ、ベッドに引き倒される。

……ほとんど、力がない。

されるがまま、セシルに抱き寄せられた。

「ふふ、ウルグげっちゅー」

幸せそうに、セシルが笑う。

ドッセルやアリネアには見せない、俺だけに見せる蕩《とろ》けそうな表情。

病気のせいで顔は白く、どこか辛そうだ。

「…………」

何となく、セシルの頭を撫でた。

しばらく散髪していないせいで腰の辺りまで伸びた、サファイアを思わせるような深い青色の髪。

サラサラとしていて気持ちが良い。撫でていると、果実のような甘い匂いがした。

「……っ」

セシルは驚いたように目を見開いた。それから、何かを堪えるように目を伏せる。

「姉様？　どうかしましたか？」

「ん。うーうん。何でもないわ。うふふふ、ウルグに頭撫でられちゃってる」

「いつもとは、逆ですね」

「ふふ、そうね。ウルグの頭撫でるのも好きだけど……あぁ～こうされるのも良いわ」

しばらく密着した状態で、セシルの頭を撫で続けた。

「ねえ……ウルグ」

「何ですか？」

「父様達とは、どう……？」

「………」

あれから、ドッセルとアリネアとはまともに口を利いていない。

話し掛けても無視される。二人はセシルを助けるため、医者を探しているようだ。

――全部、お前のせいだ！

ドッセルには、ただ蔑《さげす》むような視線を向けられるだけ。

アリネアも同様だ。彼女も全部、俺が悪いと思っているのだろう。

「……どうも、しませんよ？」

セシルには伝えない。これ以上、心配させたくないからな。

全部俺が原因だ。セシルを煩《わずら》わせる必要はない。

「………」

ギュッと、抱きしめられた。次いで、頭を撫でられる。

「ウルグ」

「……なんですか？」

ゆっくりと離れ、俺の目を見ながらセシルは言った。

「強くて、優しい子になってね」

「……姉様？」

急に、どうしたんだ？

「私みたいにならないで。……強くて、優しくて……綺麗な子になって」

セシルのようにならないでって……。何を言ってるんだ。

「姉様より、強くて優しくて綺麗な人なんて、俺は知りません」

「ううん。そんなことないわ」

首を振って、セシルは言葉を続けた。

「ずーっと長生きして欲しい。大きくなって、学園でいろんなことを学んで。本当は嫌だけど、彼女とか作って、結婚して、子供を作って、孫が生まれて。そんな……平和で幸せな人生を歩んで欲しいの」

「……ねえ、さま？」

「この先、ウルグの外見に何か言ってくる人がいるかもしれない。外見だけでウルグを決めつけて、悪者にしてくる人がいるかもしれない。……だけど、そんなの気にしないで。ウルグは、貴方の思うようにやればいいわ。自分が正しいと思うことをやりなさい」

「…………」

「たくさん嫌なことがあって、たくさん辛いことがあって、たくさん悲しいことがあるかもしれない。でも、挫けないで。諦めないで」

「そんな、別れの台詞みたいなことを言わないでください」

……縁起でも、ない。

「別れるなんて嫌よ。私はずっーとウルグとイチャイチャしてたいもの」

「…………」

「……ウルグがどうにもならなくなったら、お姉ちゃんが助けてあげる。大丈夫よ。ウルグならきっと、たくさんの人に認めてもらえるようになるわ」

そう言い切ると、セシルはいたずらをするように舌を出した。

「なーんて、ちょっと真面目なこと言ってみました！　姉っぽい？　姉っぽい？」

茶化すようにそう言うと、セシルが抱きついてきた。

胸元に押し付けられる。息が、苦しい。

……セシルは、どういう意図であんなことを言ったのだろう。

本当に、別れの言葉のような。


それから遅くまで、いつものようにセシルに体のあちこちを弄《いじ》られた。

いつもより、手つきが激しい。

「姉様、そろそろ寝ましょうか」

「えー！　やだやだやだやだ！」

「子供ですか」

俺を抱きしめたまま寝返りを打つな。目が回ってくる。

「むにむにー」

「脇腹つままないでください」

「……さっ」

「ちょ、変な所を触らないでください‼」

どこ触ってんだ！

……いつにもまして、めちゃくちゃやってくるな。

「もう……。これ以上は、お体に障りますよ」

「むぅ……」

セシルを落ち着かせ、ちゃんとベッドに寝かせる。

それから、以前から考えてきたことを話した。

「姉様。俺、この村を出たら、姉様の病気を治せる薬を探してきます」

「……っ」

「前に、本で読みました。亜人《あじん》……えと、妖精種《エルフ》には、どんな病気や怪我でも治す薬があるって。

その薬なら、姉様の病気も治せると思います。だから……っ⁉」

急に頭を抱きかかえられたと思うと、唇に柔らかいモノが当たった。

柔らかくて、弾力があって、温かい物。

セシルに唇を押し付けられていた。

「！　⁉　ちょ」

慌てて飛び退いた。勢い余ってベッドから転げ落ちてしまう。

頭をぶつけた。痛い。

「い、いい、いきなり、何するんですか！」

「……ありがとう、ウルグ」

泣きそうな表情で、セシルは笑った。

「だけど、ごめんね。これはね、病気なんかじゃないの。病気よりもっと悪い、『呪い』のような物でね、多分『妖精種《エルフ》の秘薬』でも治すことはできないのよ」

「呪、い……？」

「うん……。多分、これはどうすることもできない。あの日から、分かっていたことよ」

「でも、姉様！」

起き上がって、思わず叫ぶ。

そんなことを言われて、諦められるわけがない。

呪い……？　だったら、呪いを解ける魔術か何かを探しに行けばいい。

この世界には魔術があるんだ。呪いを解ける魔術だって、きっとあるはずだ。

だから――。

「でも。ウルグがそう言ってくれて、とっても嬉しかった。もう……死んでもいいくらいに」

そんなこと、言わないでくれ……。

「もう、覚悟はできたわ」

セシルに、抱き寄せられた。

「ぁ……」

静かにセシルが言った。

「——【終焉の先へ歩む勇気を《フィーニス・フォルティア》】」

人語と、知らない言葉が重なって聞こえた気がした。
何を言ったのか、分からない。魔術の詠唱《えいしょう》か……？

「ん」

「……っ」

また、キスをされた。今度は、唇ではなく、額に。

「……っ」

キスをされた額が、ジンジンと熱を発し始めた。
何だ、これ……。セシルはいったい、何をした？

「——」

そして、俺はセシルの顔をみて言葉を失った。
その時みたセシルは、泣いていた。
サファイアのような綺麗な色の双眸《そうぼう》から、透明な雫が頬を伝って落ちていた。

「ウルグ」

額が熱い。先ほどよりも熱くなっている。

まるで長湯し過ぎてのぼせたように、意識が朦朧《もうろう》としてきた。

目の前にいるはずのセシルの輪郭がぼやけてくる。

視界の熱に意識を奪われていく。

何も、見えなくなった。

最後に、セシルの声が聞こえた。


「――愛してるわ」

◆ ◆ ◆

深い、海の底にいた。

暗くて、黒い、海の底に。

誰かが俺に囁《ささや》いている。何を言っているのかは分からない。

「――――」

暗い海の底を、青い光が照らす。

それを知覚した瞬間、急速に引き上げられるような感覚があった。

熱に奪われた意識が回復していく。

「はぁ、はぁ」

呼吸が荒い。心臓が早鐘を打つように鼓動している。

よろけそうになる体を何とか抑えて踏みとどまる。

俺は顔をあげ、周囲を見回した。

「……あ、れ？」

俺はセシルのベッドの横に立っていた。

それはいい。だが、日が登っていた。外の明るさを見るに、もう昼だろうか。

さっきまで、夜だったというのに。

「………」

そして、セシルのベッドの両脇にドッセルとアリネア、知らない男が立っていた。

いったい、いつの間に部屋に入ってきたのだろう。

三人に囲まれたセシルに視線を向けると、彼女は生気のない白い顔をして、ベッドに力なく横たわっていた。

「何が……」

呆然と呟く俺を尻目に、ドッセルとアリネアが叫んでいる。

男はアリネアの叫びに顔を顰《しか》めながら、セシルの体に手を当てて何かをしているが、すぐに手を離して首を振った。

「私には、どうにも……」

「なんでよ！　どうにかしなさいよ！」

食って掛かるアリネアに、男は沈痛な面持ちで首を横に振る。

あの男は医者か？

いつの間に医者が家に来たんだ？

わけが分からない。

「ウル……グ」

その時、今にも消えてしまいそうな、か細い声でセシルが俺のことを呼んだ。

ドッセル達の視線が俺に向く。いつもは嫌味を言ってくるドッセルが、今日は何も言わなかった。ただ、ジロリと睨んでくるだけだ。

「姉様、なにが」

「ウルグ」

セシルは俺の問に答えず、手を伸ばして頬に触れてきた。まるで氷のように冷たいその手に、呼吸が止まりそうになる。

何でこんなに冷たいんだ。

頬に当てられたセシルの手に、俺の手を重ねる。少しでも温かくなればいいと思った。

「ごめん……ね？」

何が、とは聞けなかった。

「ウルグのこと、ほんとに……愛してる。ウルグに……会えて幸せだったわ」

「……俺も姉様を愛しています……！　姉様に会えて良かった。姉様と一緒にいれて、幸せだった……っ！」

俺は何を言ってる？

こんな言い方、まるでもうセシルが死んでしまうみたいじゃないか。

セシルは力なく笑うと、また涙を零した。

「強くて……優しい子に。……幸せに……なって」

「ねえさま」

頬に当てられていた手から力が抜けていくのが分かった。

滑り落ちていく手を押さえて、名前を呼ぶ。

セシルは泣いていた。だけどそれ以上に、本当に幸せそうに笑っていた。

「……あぁ……やっぱり綺麗……。ウルグは……」

「ねえ、さま」

「幸せ……愛してる」

そう言ったきり、セシルは何も言わなくなった。

頬に当てられていた手から、力が失われる。

握っていたセシルの手を、ゆっくりとベッドの上に乗せる。

セシルは幸せそうな顔をしていた。

頬に涙の跡を残したセシルは、それでも口を笑みの形にしていた。

穏やかで、幸せそうで。まるで眠っているかのようで、今にも飛び起きて俺に抱きついてきそうな。そんな顔をしていた。

「……俺も、愛してる」

医者がセシルに手を当てた。それからゆっくりと手を離し、静かに首を振った。

ドッセル達が、何かを喚いている。その内容は頭に入ってこなかった。

「邪魔だ！」

ドッセルに突き飛ばされて、地面に倒れる。

痛みはない。

ただ、目の前の現実が信じられなかった。悪い夢を見ているような気分だった。

セシルが、死んだ。

第十三話　願いと誓い

何も考えたくない。


セシルがいなくなってから、四日が経過した。

二日目に葬式が行われ、三日目に墓が作られた。

何もする気が起きない。ただ、ベッドで眠っていた。

初めて、修業をサボった。

前世では、身近な人の死など経験したことがなかった。誰よりも早く俺が死んだからだ。

初めて、身近な人の『死』というものを経験した。こんな、こんなにも、辛くて、寂しいものだったなんて。

実はセシルは生きていて、唐突に現れて抱きついてくるような気がする。

でも、セシルはもういない。いて当たり前だった人が、いなくなってしまう。

悲しい。そして寂しい。

泣き喚いても、どうすることもできない。

俺を呼ぶセシルの顔ばかりを思い出す。

いつも楽しそうで、嬉しそうで。

抱きついてきて、俺はそれを嫌がって。

本当は嫌じゃなかった。嬉しかった。凄く、嬉しかったんだ。

俺のせいで殺してしまった。

俺が弱かったせいで、俺が認められなかったせいで。

「………………」

窓から日差しが差し込んでいる。

「……昼か」

時間の感覚がおかしい。

ただ昨夜、ドッセルに「お前のせいだ！」と叫ばれた覚えがある。

「……そうだ」

俺のせいだ。

フラフラと、部屋から出る。ゆっくりと、下へ降りた。

リビングから、ドッセル達の話し声が聞こえた。

「セシルが死んだ。最悪だ。これでは、子を生ませることができない……」

「ウルグが死ねば良かったのに……。あぁ、どうしてこんなことになってしまったのかしら」

「全部、あいつのせいだ。あの疫病神が生まれてから、悪いことばかり起きる」

「あの子を村の外に追放した方がいいんじゃないか、なんて話が出てるわ」

俺のことを話しているらしい。

疫病神、か。

「あぁ、面倒だ。クソ、セシルめ。最後まであのガキを庇《かば》いよって。大方、ウルグに惚れていたのだろう。義理とは言え、弟に邪《よこしま》な念を抱くとはな」

「親も確かじゃない孤児なのよ。仕方のないことよ。生まれが悪いんだから」

思考が停止した。

こいつらは、何を言っている?

「ふん、それもそうか。それにしても、黒髪黒目のガキを好きになるとはな」

「思い返すと、セシルもおかしかったもの。目付きが普通じゃなかったわ」

「……ああ。化物みたいな目付きだったな。引き取ってやったというのに、忌々《いまいま》しい」

これが、親の会話なのか?

義理とはいえ、娘が死んだ親がする会話なのか?

「これからどうするの? セシルがいないんじゃ、縁談もどうしようもないわ」

「……とっとと私の選んだ男と子を成せば良かったものを。あんな病気で、あっさり死んでしまうとわな」

ブツリ、と。

「あの、役立たずの淫売め」

血管が切れたような音を聞いた。

生まれて初めてだ。怒り狂う、というのは。

「なんだ貴様！」

扉を開けて、リビングに入る。

「な……」

「ひっ」

俺の顔を見て、二人の顔が青ざめた。

自分が今、どんな顔をしているかは分からない。どうでもいい。

「がっ」

ドッセルに足を掛けて転がす。

起き上がろうとしたところで胸ぐらを掴み、壁に叩きつけた。

《魔力武装《アーマメント》》すれば、ドッセル程度片手で持ち上げられる。

「……俺を馬鹿にするのはいい」

「ぎさま！　離せ……！」

ジタバタと、ドッセルが手足を振り回す。

「ほ、《旋風《ホワールウインド》》！」

風が顔にぶち当たる。痛くもなんともない。

「けどな」

「ひっ。《旋風《ホワールウインド》》！　《旋風《ホワールウインド》》！」

連続して魔術が当たる。痛くも、なんともない。

「姉様を、馬鹿にするな……‼」

胸ぐらを掴んだまま、ドッセルを壁に叩き付ける。

「がふッ！　ま、待って、ぐれ！」

「黙れ」

殺さないように加減して、何度も壁に叩き付ける。

「ひっ……！　悪がっだ！　わだじがわるがった！」

「てめぇらに、姉様を馬鹿にする権利なんてねえよ」

「だずげで！　だずげ……ッ」

ゴッと鈍い音がした。ドッセルが白目を向き、泡を吹いて気絶する。

力の加減を間違えたらしい。

適当に放り捨てる。

「ひぃ……！」

視線を向けると、アリネアが悲鳴をあげた。

恐怖からか、顔は涙や汗でグチャグチャになっている。

股ぐらも、グッショリと濡れていた。

「……アンタは、姉様を見捨てて自分だけ逃げていたな」

「や、やめて……！　ごめんなさい！　許して……！」

ガクガクと体を震わせ、アリネアが許しを請うてくる。

……俺に謝っても、何の意味もねえよ。
アリネアに背を向けて、部屋を出た。あいつらとはもう、関わりたくない。

◆　◆　◆

気付けば、セシルの部屋に来ていた。
葬式などの手続きが忙しかったのか、部屋はセシルが死んだ時、そのままだ。
いつもセシルが寝ていたベッドにはもう、誰もいないが。
『鳴哭《めいこく》』の入った箱が部屋の隅に置かれていた。
帰ってきてから、そこに置きっぱなしだ。
セシルがくれた、誕生日プレゼント。
何となく、箱の蓋を開けてみた。
「……ん」
箱には何かがギッシリ詰められた革袋と、一枚の封筒が入っていた。
何だ、これ。革袋も封筒も初めて見る。
セシルが入れたのだろうか。
革袋を手に取ると、想像以上に重かった。
紐で縛られた口を開けて中を覗いてみると、何枚もの金貨と銀貨が入れられていた。
「これは……」

封筒を開けてみる。中には手紙が入っていた。

ウルグへ、と書かれている。


ウルグへ。

あなたがこの手紙を読んでいる頃には、私はもうこの世にはいないでしょう。

……この台詞、『四英雄物語』で使われているのを見て、一度私も使ってみたいと思っていたのよ。やっと使えたわ。

と、ごめんなさい。なんか真面目なことを書くのって照れるのよね。あと、こういう時、どういうことを書いたらいいのかっていうのが、分からなくて。

コホン。

この手紙と一緒に、革袋が入っていたでしょう？　あれには私がコツコツ貯めていたお金が入っています。学園の入学金には足りないと思うけど、生活の足しにはなると思う。

前に、入学金を稼ぐために冒険者になるって言ってたわよね。

防具とか宿とか、このお金はそういうのに使ってね。

ウルグの戦っている姿が見られないのは残念……。

冒険者は、とても危険な職業よ。

本当は、ウルグには危険なことはして欲しくない。

それでも、ウルグが冒険者になるなら、絶対に無茶はしないでね。

もし危なくなったら、どんな手段を使ってでも生き延びて。

絶対。絶対よ。絶対だからね。

ウルグには強くて、優しい子になって欲しい。それで、幸せに暮らして、長生きして欲しい。

だからそのために、強くなって。誰にも負けないような、最強になって。

ウルグならできるわ。

私はずっと応援しています。

ずっと、ウルグと一緒にいるからね。

とってもとっても愛してる。

ウルグの愛しのお姉様、セシルより。


セシルらしい、手紙だった。

読んでいて、笑ってしまった。

……何が一度は使ってみたいと思っていただ。

頬を伝う雫を拭い、俺は立ち上がった。

……最強、最強か。

「うん……分かってる」

セシルは初めての家族だった。

俺に愛情を注いでくれる、本当の意味での家族だった。

涙を拭い、拳を握りしめ、俺はもう一度宣言する。

「俺は最強になる。――絶対に」

◆◆◆

青ざめた空に、目が眩《くら》むような太陽が昇っている。

まだ、昼の一時くらいだろう。

あれから俺は、荷物を持って家を出た。

背中にはセシルからもらった金と数日分の食料、着替えの服、その他必要な物を詰め込んだリュックと『鳴哭《めいこく》』がある。

セシルが死んだ今、もうあの家にいる意味はない。

ドッセル達をもう家族とは思わない。産んでもらった恩、育ててもらった恩は、魔物から助けたことでチャラにしてもらおう。

もう、あの家に戻ることはない。

「……！」

歩いていると、石が飛んできた。反射的にキャッチする。

「黒髪の化物め！」

三人組の子供がいた。

「ママが言ってた……！　お前が魔物を呼んだんだって！」

「アンタのせいで私のお家が壊れちゃったわ！」

「化物！」

俺が黒髪だからか、あの魔物が村に来たのは俺のせいということになっているらしい。

どうでもいい。他の奴の言うことなんて、俺は気にしない。

「……………」

睨みつけると、三人組は悲鳴をあげて地面にへたり込んだ。

無視して、墓地へと向かう。

セシルの墓は、すぐに見つかった。

墓石にはこちらの世界の文字で『セシル・ヴィザール』と刻まれている。

「……………」

ヴィザール。この姓はもう捨てよう。

俺はただのウルグでいい。

「……行き先は『迷宮都市』だな」

多くの冒険者が集まる、『迷宮都市』。

俺はそこで冒険者になり、魔術学園の入学金を稼ぐことにした。

迷宮都市はここから歩いて数日の位置にある。

三日に一度、『迷宮都市』へ向かう馬車が村に来ているが、それに乗るにはあと二日待たないといけない。

行動するなら早めに行動したい。

まあ、《魔力武装《アーマメント》》していけばそう掛からないだろう。

「……姉様」

墓に向かって、言う。

「行ってきます」

背を向け、俺は迷宮都市に向けて歩き始めた。

今度こそ、最強になるために。

接話 交錯

——迷宮都市。

正式名称、迷宮都市レーデンス。

ウルキアス大陸の東部に位置する、多くの迷宮と近接した大都市である。

迷宮——内部で大量の魔物を生み出す、特殊な魔物の一種。魔神の死とともに、大陸の各地に現れたと言われている。内部に一定以上の魔物が溜まると、外に排出するという性質を持つ。そのため、定期的に内部の魔物を狩らなければならない。

大陸東部には特に多くの迷宮が発生したため、かなりの頻度で魔物の掃討《そうとう》を行う必要がある。

そこで、四百年以上前に、当時の王が魔物の狩りを効率的に行うために、迷宮が密接している地域に大きな都市を作った。

それが『迷宮都市レーデンス』の成り立ちだ。

そして、魔物狩りなどを組織的に行うために作られたのが冒険者ギルドだ。

このギルドに所属し、ギルドに入ってくる依頼や迷宮の探索を行う者を、冒険者と呼ぶ。

そんな都市に、俺はやってきていた。

◆　◆　◆

「おい、あれ見ろよ」
「黒髪ぃ⁉　マジかよ。初めて見たぜ」
迷宮都市に入ってすぐに、大勢の人に注目されることとなった。
周囲の人間がざわめき、こぞって視線を向けてくる。
中には露骨に嫌悪感を剥き出しにするものや、聞こえるように煽《あお》ってくる者もいた。
まあ、予想はしていたことだ。
それに、何を言われようと知ったことじゃない。
俺は黒髪が気に入っている。
セシルは、この黒髪が好きだと言ってくれた。
テレスは、どうも思わないと言ってくれた。
それだけで十分だ。気にする理由などない。
それにしても、人が多いな。
村での生活に慣れていたせいで、人混みに少し驚いてしまった。
この街には、魔物退治などを生業とする冒険者が集まってくる。
気性の荒い者も多いだろう。
貴族からは、荒くれ者の街《ローグタウン》なんて呼ばれているくらいだからな。
煽《あお》ってくる者は無視して、泊まるための宿を探して歩く。
ひとまず今日は泊まって、明日冒険者ギルドに行こう。

「……ほんとに人が多いな」

スリとか置き引きとか普通にありそうだ。

人混みから外れ、人通りの少ない裏通りを歩く。

「……」

向こう側から、フードを被った小柄な子供が歩いてきた。

あんな小さな子供もいるのか。

……俺も人のこと言えないな。

深くフードを被っており、子供の顔はよく見えない。

無言のまま、お互いにすれ違う。

「――」

「――」

フードの子供は、俺のことを見ていた。

黒髪黒目が気になったのだろう。少し驚いているようだ。

俺も、フードの子供を見ていた。

こちらも、フードの下が少しだけ見えた。

「……」

「……」

すれ違いざま、紫紺《しこん》の双眸《そうぼう》と目が合う。

光の加減で、少し黒にも見える色だ。
そのまま、無言のままにすれ違った。
一瞬の交錯。
この紫紺《しこん》の瞳の持ち主と深く関わるのは、それから少し後のことになる。

閑話　夜のお勉強会

夕食後、俺はセシルの部屋にやってきていた。

セシルから、この世界のことを教わっているのだ。

「はい、じゃあウルグ。有名な剣術の流派を四つ言ってみて？」

「『流心流』、『絶心流』、『理真流』、『舞震流』の四つ、ですよね」

「大正解！　ウルグ凄い！」

さすがに、重要な剣の流派に関してはしっかりと勉強しているつもりだ。

相手がどんな剣術を使ってくるのか、流派を知っていれば分かるだろうしな。

この世界には、様々な剣の流派が存在している。

その中で特に有名で、なおかつ国に正式に認められている剣術が四つある。

まず一つ目は『流心流』。

防御やカウンターに特化した、受けの剣術とされている。

自身の魔力の流れや、相手の力を利用する技が多く、筋力のない女性が使用している場合が多いという。金持ちなら、護身術代わりに習う人もいるようだ。

二つ目は『絶心流』。

常に相手の先手を取って攻撃する、苛烈な攻めの剣術だ。

ドッセルの書斎で見つけた剣術指南本が、この流派だった。

休むことなく攻め立てる剣術のため、非常に体力や魔力の消耗が大きく、絶心流には短期決戦方の剣士が多い。

三つ目は『理真流』。

これは最低限の魔力と動きで相手を攻撃する、静かな剣術だ。

魔術が一切使えない剣士が祖とされており、無属性魔術が使えない者、魔力量が少ない者の多くがこの流派を習っているようだ。

これといって大きな特徴はなく、他の流派よりも少し地味だ。

それでも、最低限の魔力と動きを目標としているため、多くの剣士が理真流を参考にすると言われている。

四つ目は『舞震流』。

リズムに合わせて独特のステップを踏んで戦うという、変わった剣術。

相手の意表を突くような独特の技が多く、トリッキーな剣士が多い。

ダンスと親和性が高いため、貴族の多くはこの流派を習得するようだ。

この四つが、この世界で特に有名な剣術とされている。

他に流派がないわけではないのだが、この四つが有名なため、その他のほとんどが廃《すた》れてしまったらしい。

剣士の大半が、この四つの流派を習得しているようだ。

「四流派の中だと、やっぱりウルグに合っているのは『絶心流』かな」

セシルの言葉に頷く。

俺も、自分に合っているのは絶心流だと思う。

「ウルグは相手を待つというより、自分から攻めに行っているからね。メインで習得するのは絶心流でいいと思う」

一応、すべての流派の剣術を経験してみるつもりでいる。

そうして各流派の特徴や良い所を学んだ後、自分に一番合った剣術をメインで習得していくつもりだ。

多くの剣士はこうしたスタイルを取るらしい。今代の《剣聖》も、いろいろな流派を習得しているようだ。

このままいくと、絶心流がメインになりそうだな。

「流心流と理真流は、サブで習得しておいてもいいと思う。どちらも習っておいて損はないからね」

「舞震流はどうでしょう……?」

「あの流派は特殊だからね……。習っても良いと思うけど、ウルグにはあまり合わないかもしれないわね」

「ダンスとか、できる気がしませんからね……」

「ウルグなら、練習すればできるようになるとは思うけどね。でも、無理にやる必要はないわ。最低限どんな技を使ってくるのか知っておけば問題ないもの」

それから、『段』についての説明のおさらいをした。

各流派には、習得度に応じて段が存在している。

初段、二段、三段と上がっていく。剣道と同じだな。級はないが。

最大で五段まで存在しており、五段になれるのはその流派の奥秘を修めたただ一人らしい。

各流派に一人しかいない五段の剣士を《剣匠《けんしょう》》と呼ぶようだ。

とりあえず俺は、絶心流五段、流心流三段、理真流三段、舞震流初段くらいを目標にしよう。

中途半端にならないよう、あくまで絶心流をメインに習得していかないといけないな。

他は、あくまでサブだ。

それからセシルの知っている剣士の話を聞いて、勉強は終了となった。

「はい、ここからは私とウルグの触れ合いタイムです！」

「すでに触れ合ってますよ」

「もっとよ！」

ぎゅーと効果音つきで、セシルに抱きしめられる。

最初はドギマギしていたが、この抱擁にも慣れてきた。

恥ずかしいけど……幸せだ。

恐る恐るセシルの背中に手を伸ばし、抱きしめ返す。

「すぅ……はぁ」

顔を埋めて、セシルが深呼吸してきた。

「こうして一日に何度かウルグ成分を補充しないと、私、生きていけないわ！」

恍惚《こうこつ》といった表情と声音だ。

いくらなんでも、ブラコン過ぎるのではないだろうか。

姉様、大丈夫かな。

「ん～」

深呼吸するのをやめると、今度は頬ずりをしてくる。

至近距離で息が掛かる感触がくすぐったい。

セシルの体からは、ふんわりと甘い匂いが漂ってくる。

香水とは違う、果実のような自然で落ち着く香りだ。

「あぁ、何でウルグってこんなに良い匂いがするんだろう」

「そうですか？」

「うん。最高よ」

「……何かの本で読んだんですが、女性は相性が良い相手の匂いを、いい匂いと感じるらしいですね」

「じゃあ私とウルグって相性最高ってことね！　これはもう運命！」

鼻息を荒くし、セシルは俺を抱いたままベッドに横になった。

自分の腕を俺の頭の下に入れて腕枕の体勢にすると、もう片方の手を背中に伸ばしてくる。

完全に、抱枕にされてるな。

若干暑苦しく感じるものの、こうしてセシルとくっついていると落ち着く。

この状態のまま眠りに就くと、凄く気持ちが良い。

しばらくお互いに無言でくっつきあって、それからずっと気になっていたことを聞いてみた。

「姉様」

「んー？」

「前から思っていたんですけど、どうして姉様って呼び方が良いんですか？」

セシルは少し戸惑ったような素振りを見せ、それを隠すように「そうだねぇ」と俺の腰をくすぐってくる。

やめろ、ビクビクする。

「昔ね、知り合いに仲の良い姉妹がいたの」

「姉妹ですか？」

「うん。妹の方がね、姉のことを『姉様』って呼んでてね。それを覚えてたから……何となく、ウルグに姉様って呼んでもらいたかったのよ」

……昔、か。

そういえば、セシルは養子だったな。孤児院から引き取ってきたと、ドッセルが話しているのを聞いたことがある。

姉妹というのは、その孤児院で出会ったのだろうか。

「……」

セシルはあまり、過去の話をしたがらない。

何か、話したくないことでもあるのかもしれない。無理に聞くのはやめておこう。

養子で血が繋がっていなくても、家族であることに変わりはないしな。

「……お姉様って呼び方、ウルグは嫌？　だったら、他の呼び方でも……私は良いわよ？」

「……姉貴」

「ちょっといいかも」

「姉上」

「それはヤダ」

「姐さん」

「それ、なんか違わない？」

注文が多い。

素っ気ない呼び方は、嫌なのだろう。

「うーん……じゃあ、お姉ちゃんとかどうですか？」

「そ・れ・よ！」

ものすごい勢いで食いついてきた。

鼻息が荒い。

「もう一度言って！　わんもあせっ！　わんもあせっ！」

「……お姉ちゃん」

「んひゃぁ～～！」

大きく仰け反って、セシルが叫ぶ。

「素晴らしいわ！　姉様と呼ばれるのもいいけど、お姉ちゃん呼びもそそるものがあるわね！」

そそるって。どういう表現だ。

「そんなに良いですか……？」

「ええ、最高よ！　新しい世界への扉が、今開かれたわ！」

「……ええ」

「じゃあ今度は『ねぇねぇ』って言ってみて！」

「………ねぇねぇ」

「んひゃぁ～～～～！」

「何ですか、その声は」

息を荒くして、ベッドの中で身悶えするセシル。

何が良いのかよく分からないが、異様にテンションが高い。

体に障らないと良いのだが。これ以上騒ぐようなら、ちょっと注意するか。

「いつもと違う呼び方っ！　新鮮で良い！　凄くイイ！」

「……姉様、あんまり騒ぐと体調を崩しますよ。それにもう夜ですし、あんまり騒ぐと父達が様子を見に来るんじゃないですか？」

「あんっ。いつもの呼び方もやっぱりイイ！」

「おい、セシル」

「きゃん」

「…………」

「ふふ。そうね。ちょっとクールダウンするわ。心配してくれてありがとう」

セシルは半目になった俺に微笑み、浮かせていた体をベッドに戻した。

荒かった息を落ち着かせ、小さく息を吐く。

「最後のセシル呼び、キュンと来ちゃった。ウルグは格好良いし、可愛いわね」

「……あんまりからかわないでください。鏡で自分の顔はよく見てますから」

そんなに褒めてもらえるほど、整った容姿はしていない。

特に、目が最悪だ。

「そんなことないわ。全体的にキリッとしてて凛々しい顔立ちよ。目とか特に」

「キリッというよりは、ギロッていう表現の方が合っていると思うんですが……」

姉フィルターでも掛かっているのだろうか。

不細工というほど顔の形が崩れているわけではないと思う。

だが、それを台なしにするレベルで、目付きがキツい。

真顔でも不機嫌そうだし、笑っていると凶悪な感じになってしまう。

それが黒目黒髪と合わさって、この世界での俺の外見の評価は最悪だろうな。

「目は黒だし……髪も、黒ですし……。俺なんて」

たまに、不安になる。

本当は不気味がっているんじゃないだろうか。

「格好いいし、可愛いわ」

キッパリと、セシルは言った。

「あう」

指で額を突かれる。

「黒目だとか黒髪だとか、そんな些細《ささい》なことを気にしたことは一度もないわ。それにウルグの体だったら、目も鼻も口も髪もぜーんぶ好きよ」

「……でも」

「きっと、私はウルグが弟じゃなかったとしても、ウルグを好きになっていたと思うわ」

「どうして、ですか」

「それは内緒」

「…………」

「私は貴方が大好きよ。自分のやりたいことを一生懸命頑張るところが好き。ちょっとぶっきらぼうに振る舞ってるけど、私のことをしっかり心配してくれる優しいところが好き。強がってるけど、本当は寂しがり屋なところが可愛くて好き」

「……姉様」

「黒目黒髪でも、そうじゃなくても、家族でも、家族じゃなくても。私はウルグがウルグである限り、絶対に貴方のことを好きになったわ。だからね、ウルグはもう少し自分に自信を持っていいのよ」

……自信、なんて。

俺には、剣しかないから。

「…………」

慈しむような表情のセシルに、頭を撫でられる。

「今は駄目でも、いつかきっと、ウルグも自分の良さが分かるわ」

「…………」

「ウルグの良さを分かってくれる人も、絶対にいる。だから、そんな顔しちゃ駄目」

「…………はい」

セシルの顔が見れなくて、俺は彼女の胸に顔をうずめた。

「ふふ。赤ちゃんみたいね。甘えん坊さん」

ギュッとセシルを抱きしめる。

前世の俺からは、考えられないほど優しくしてくれる姉。

たまに、これは全部今際の際に見ている夢なんじゃないかと不安になる。

目が覚めて、セシルがいなくなってしまうんじゃないかと。

「……姉様」

「んー？」

「前に家に来たテレスって女の子は、俺の前からいなくなってしまいました」

探しても、見つからない。村のどこにもいなかった。

「姉様は、ずっと俺と一緒にいてくれますか？」

セシルまでいなくなったら、俺は……。

「……当たり前よ」

馬鹿ね、と頬を突かれる。

「それに、きっとテレスちゃんと貴方はもう一度会えるわよ」

「……そんなの、分かんないですよ」

「ふふん。私の勘はよく当たるのよ」

優しく、セシルが言う。

「何年か経ったら、また会えるわ。だからその時に、また仲良くしてあげてね」

「…………はい」

「よろしい。でも、あんまイチャイチャしちゃ駄目です」

ウルグは私専用なんだからね！　と念を押してくる。

そんなこと言われなくても、どうせ俺とイチャイチャしてくれる人なんていないよ。

セシル、だけだから。

「姉様」

「なぁに？」

「今日は一緒に寝ても良いですか？」

「……うん。一緒に寝ましょう」

灯りが消され、部屋の中が真っ暗になる。前世ではいつも、暗い部屋の中、一人で寝ていた。

だけど、今は違う。セシルが隣にいてくれる。

そのことがどうしようもなく嬉しかった。

「姉様。どこにも……いかないでくださいね」

「ええ。……おやすみ、ウルグ」

その言葉に凄く安心する。

力が抜けて、眠りに落ちていく。

意識が落ちる寸前、セシルの言葉が聞こえた。

「……ずっと一緒に、いるからね」

――うそつき。

あとがき

書籍版からの方は初めまして、羽咲《うさき》うさぎと申します。

ＷＥＢ版からお付き合いくださっている方、どうも、夜之兎です。

どちらの方も、本著をお手に取っていただき、誠にありがとうございます。


本作は『小説家になろう』という小説投稿サイトに投稿していた作品に、書籍用の加筆や修正を行ったものとなっております。

具体的に言いますと、冒頭から終わりまで、描写や台詞を出来る限り読みやすいように書き直し、ＷＥＢ版にはなかった場面を追加したりしております。

作者の趣味が過分に入り、ＷＥＢ版以上に主人公が苦しんだりしておりますが、お楽しみいただければ幸いです。


本作は主人公のウルグが、『誰かに認められたい』という一度目の人生では叶えられなかった願いを、異世界で叶えようと四苦八苦しながら頑張っていく物語です。

誰かに認められるため、ただ一途に最強の剣士を目指すウルグが、いったいどこまで行けるのか。いったい何を掴むことが出来るのか。

その結末を、読者の皆様に見ていただければと思います。

来月には私のもう一つの作品が、モンスター文庫様から発売となりますので、もしよければそちらもお手にとっていただければ幸いです。

と、露骨に販促を入れたところで、残りも少なくなってきましたので、謝辞に移らせていただきます。

まず、担当のA田様。いろいろと丁寧に教えてくださり、本当にありがとうございます。

そして、こちらの荒い説明を読み取って、美麗なイラストを書いてくださったR–りんご様。ウルグの鋭い目付き、最高です。他のキャラも大変可愛く描いていただいて、ありがとうございました。

他にも最初に声を掛けていただいたM澤様や、校正さん、営業さん、そしてWEB版から本作を支えてくださった読者の方々、そしてこの本を手に取ってくださった方々など、この作品に関わってくださった全ての方に感謝を！

今後とも、末永くお付き合いできるよう尽力していきます。それでは、失礼します。

二〇一六年五月　羽咲うさぎ

本書に対するご意見、ご感想をお寄せください。

あて先

〒162-8540 東京都新宿区東五軒町3-28
双葉社　モンスター文庫編集部
「羽咲うさぎ先生」係／「R_りんご先生」係
もしくは monster@futabasha.co.jp まで

ノベルス

嫌《きら》われ剣士《けんし》の異世界転生記《いせかいてんせいき》

2016年6月1日　第1刷発行

著　者　羽咲《うさき》うさぎ

カバーデザイン　オグエタマムシ（ムシカゴグラフィクス）

発行者　稲垣潔

発行所　株式会社双葉社

〒162-8540　東京都新宿区東五軒町3番28号

［電話］03-5261-4818（営業）　03-5261-4851（編集）

http://www.futabasha.co.jp/（双葉社の書籍・コミック・ムックが買えます）

印刷・製本所　三晃印刷株式会社

［電話］03-5261-4822（製作部）

ISBN 978-4-575-23966-9 C0093　